新 月 文 丛

征途访古述记

滕 固 著

浙江人民美术出版社

图书在版编目（CIP）数据

征途访古述记 / 滕固著 . -- 杭州 : 浙江人民美术出版社，2024. 8. -- （新月文丛）. -- ISBN 978-7-5751-0337-4

Ⅰ . I266.4

中国国家版本馆 CIP 数据核字第 2024RD4410 号

责任编辑　霍西胜
责任校对　罗仕通
责任印制　陈柏荣

新月文丛

征途访古述记

滕　固　著

出版发行　浙江人民美术出版社
（杭州市环城北路177号）
经　　销　全国各地新华书店
制　　版　浙江大千时代文化传媒有限公司
印　　刷　杭州捷派印务有限公司
版　　次　2024年8月第1版
印　　次　2024年8月第1次印刷
开　　本　787mm × 1092mm　1/32
印　　张　5.875
字　　数　132千字
书　　号　ISBN 978-7-5751-0337-4
定　　价　42.00元

滕固（1901—1941）

《征途访古述记》初版书影

出版说明

滕固（1901—1941），字若渠，江苏宝山（今上海市）人。早年毕业于上海美术专科学校；后留学日本，攻读文学和艺术史，获硕士学位。1929年，赴德国柏林大学留学，主修东亚艺术史，获美术史学博士学位，是该领域的首位中国籍博士。1932年回国后，滕固先后任行政院参事兼中央文物保管委员会常务委员、行政院所属各部档案整理处代理处长、重庆中央大学教授等职。1938年，国立北平艺专与国立杭州艺专合并成立昆明国立艺术专科学校，滕固出任校长。一生始终致力于艺术史的研究工作，著有《唐宋绘画史》《中国美术小史》及《挹芬室文存》等。

受中央古物保管委员会委托，滕固分别于1934年12月和1933年6月视察豫、陕及访查云冈石窟。至1936年，滕固将这两次视察途中所见、所闻、所感汇集整理成《征途访古述记》一书，交由商务印书馆出版。在书中，他对徐州云龙山、开封铁塔、宝山石窟、洛阳白马寺、龙门石窟、渭水古陵墓、长安寺塔、云冈石窟等古迹和艺术品作了简要记载。约略言之，该书有以下价值：

其一，《征途访古述记》可视为受现代学术训练的中国新派学者，首次以实地踏查的方式综合记录文物古迹，开启了新的研究范式。这一点已为学界所注意："滕固的这两次考察及所出版的考察报告和这本《征途访古述记》，表明中国现代美术史家在接受了欧洲有关考古学知识后，在研究中国美术史时，除根据文献典籍资料及博物馆藏品进行研究外，还开始亲历古代遗迹进行考古察访，收集一手资料，这些活动有力地推进了对中国古代美术的考证与研究工作。"（陈池瑜《中国现代美术学史》）

其二，书中平实地记录了20世纪早期现代文物保护理念与传统古董收藏风气的碰撞。例如，作者记录了在文物盗掘及贩卖中，当时纷纷成立的古物保存会扮演了并不光彩的角色："中有一记者谓，此地盗掘古物已成风习，每次盗掘，区长、保长以下无不预闻，盗赃出售后，此辈得分润甚多。北平、天津、上海等处之古董商，在此地皆有秘密办事处之设置，而区长、保长则为古董商所利用。古董商有时且偕同外人来此坐收，可云无恶不作。当初古董商尚有忌讳，自去年集资五千元，捐助成立古物保存会后，乃公然贸易，肆无忌惮矣。"又如，作者还记录了在出土文物归属方面，当时中央政府与地方政府、私人收藏的博弈："余等憩息发掘团所筑之所谓殷式小屋，此乃发掘工人休息之处，即摄影以留纪念。此小屋之壁上有粉笔书写之标语云：‘只许州官放火，不准百姓点灯。’又：‘压迫平民生活之董（彦堂）梁（思永）誓与拼命。’盖为盗伙所书而恐吓发掘团主持人者。”从中可以生动地观察国人关于文物保护理念的艰难蜕变。

其三，书中保留了大量有价值的第一手资料，对今天考察文物的变迁仍有参考价值。例如，在《访查云冈石窟略记》中，作者并未采用常盘大定《中国佛教史迹踏查记》的编号，而是根据实地考察重新予以标记，较常盘大定的记载多出四窟。同时，作者对当时洞窟的保存状态有着明确记载，如第二石窟“窟中泥土壅塞，腥秽之气逼人”，第十五石窟“诸像皆涂饰恶俗”等，都是难得的材料。再者，随着摄影技术普及以及印刷技术进步，中国考古学者也开始效法早期西方汉学家，在考察过程中留意图像的采集，并将这些资料编入考古散记、考古报告中。滕固这两次考察活动也携带了相机，并拍摄了不少照片，也是了解当时文物保存状态的珍贵资料。

总之，该书虽有诸多不足之处（如郑振铎曾于 1958 年 1 月 13 日日记中写道“看滕固的《征途访古述记》，写得不好，但有些材料可用”）；然而瑕不掩瑜，其草创之功是不可磨灭的。

本次出版，以商务印书馆 1936 年“史地小丛书”本为底本，予以重新整理。考虑到书中的照片数量不够丰富，且有些或因路途匆匆，拍摄效果不佳，故我们从同时代的其他图书中选取了更为清晰的照片进行了增补，并编制了图片来源信息表，附于书后。另外，滕固在 1936 年 12 月的这次考察中对霍去病墓进行了重点考察，其后撰写成《霍去病墓上石迹及汉代雕刻之试察》，发表于 1934 年金陵大学《金陵学报》第四卷第二期上。今将此文以附录形式一并收入书中，以便读者之研读。

因水平所限，书中错讹及不足在所难免，恳望读者不吝批评指正。今年值滕氏首次考察 90 周年，谨以此书纪念筚路蓝缕，开创我国美术考古事业的先辈们！

艺文类聚金石书画馆

2024 年 7 月

目 录

自 记

此小册所录二文：一《视察豫陕古迹记》，自民国二十三年十二月五日至十二月二十五日排日所记；二《访查云冈石窟所记》，写于民国二十四年六月。两役相去且半载，连缀录之，聊备省观。前后皆受中央古物保管所委员会之委托，别有报告；今所存者为征途之白描，走笔羁旅行役之间，偶有援引，自愧不详。题曰《征途访古述记》者，揭橥揽访之实，不敢云考古也。第一次旅行与黄仲良先生俱，第二次与王述人先生俱，途次获益于两先生者甚夥，附书致谢。

滕固

视察豫陕古迹记

民国二十三年十一月二十三日，中央古物保管委员会全体会议，以豫陕一带盗掘古物案件，层出不穷，实为文化上之莫大损失；公推余与黄委员仲良（文弼）赴安阳、洛阳、西安诸重要地点视察情形，并略观沿途古迹古物之保存状况，报会参考。余等奉命后，即事准备，于是年十二月五日约会于四条巷余寓，董委员彦堂莅止送行。下午五时出发，七时渡江至津浦路车站。时距开车尚早，余等与董彦堂兄，踱步于月台，谈论豫中情形，以消耗时间。九时车行，即倚车窗与彦堂兄挥手作别。八时在车上晚餐，与仲良略谈，各自回室休息。

徐州半日

十二月六日 上午六时车达徐州，下车携行李叩津浦路职工小学校校门，呼醒余友庞校长寿峰，在校略憩，并约余同乡陈君增善来校，共进简便之早点。八时偕同游览名胜；先至公园，园在城之东南隅，景色幽迴，内有快哉，传为唐薛能阳春亭遗址，宋李邦直重建，苏东坡曾在亭中宴客，锡名快哉。亭中有铜铸武士像及若干铜器物件，似皆为明清间物，无可取之处。出亭经长堤，赴公立图书馆，内有一室陈列古陶器及矿物标本。陶器数种系殉葬器物，据说自城东子房山出土，土人耕地于山麓，时得五铢钱及零星陶器，视为瓦砾，初未之珍惜也。余与仲良审视明器，有兽圈、房屋及灶具等，盖为汉代之遗物无疑。此地有一碑廊，荟聚石刻数十方排砌壁间，中多宋以下物；惟西壁有汉画像刻石二方，殊足珍异。其一高二尺四寸，宽八尺四寸，画像三部分，中作古彝器，左车马，右缺落不可审视，其中人物或立或坐，衣冠高古，约略可辨。其二高三尺三寸，宽丈余，画像亦三部分，中作人物、卤簿、车马、楼屋、楹柱，明晰可辨；左面二人执刀对舞，又一人作迎拜状，一人鞠躬以应；右方驳蚀太甚，不能明辨。石上尚有题字，但亦模糊不可认识。按《徐州游览指南》内所载，《水经注》云“泗水有故石梁处，遗石尚存”。此二石出自去泗水甚近之夏镇，故以为泗水石梁之旧物，宜可信也。此二石为前清徐海兵备道吴世熊所得，运至徐州衙署，民国二十一年徐州警备司令部举以赠图书馆。余夙嗜汉代石刻画像，十余年来搜罗拓本不遗余力，今得见此两石，喜出望外，故略记于此，以志因缘。

出公园，穿街市，登户部山，至戏马台，相传为西楚霸王戏马之处。台上有亭，亭内石牌，“戏马台”三字，为万历年间莫与斋所书。台下有西楚霸王之戏马桩，此亦可信可不信之遗迹也。台东有关帝庙一所，殿前石柱，雕刻蟠龙，所敷染之朱红色尚斑斑可认。此殆为明代遗物，就其雕刻气势而论，生动泼辣，具坚卓之致，宜善为保存者也。至壁上砌一石刻关帝之画竹，则后之好事者所为，殊不足道。离戏马台往云龙山，路过范增墓，停留瞻视。墓为一土山，亦称亚夫冢。据云墓旁时有古钱出土。余等登高峻之墓顶并检视其周围，在从草中检得陶片数种，审为汉代建筑之残瓦，其为古冢当可信也。

云龙山为徐州著名之胜地，山有九峰，俗称九节云龙。余等循石级蜿蜒而上，节孝牌坊，夹道遮路，时值冬令，木叶秃落，名山已呈苍凉之状。登高峰远览，城市尽在眼底，子房山

徐州戏马台

徐州关帝庙石柱

遥峙于城东。黄河故道横贯于西，旧堤隐隐可辨。余等在山顶茶社略憩，检购拓本数种。至大佛寺，即兴化寺，寺内石刻大佛，高三丈二尺，倚岩凿石，气势闳伟，传为魏刻。上盖殿宇，光线暗淡，仰视大佛，惟见颔部而已。在寺内购大佛照片与实迹对比，盖摄影时，自平地向上收摄，故大佛之鼻部与嘴部特见阔大，不能细味其真面目也。大佛前有殿宇遮盖，殿门较大佛低下，故不能摄取比例相称之照片，此至为可惜者也。仲良嘱余试摄一影，余谓非将殿宇拆毁，搭起高架，则无法摄得好影，乃一笑而罢。寺内尚有欧阳询、苏东坡等之法书石刻，余等抚视一过即出寺。山上古迹石刻甚多，不及一一细览，下山时经大士岩，观清代石砾之大士像。至山门，现暂为兵房，内有石刻吴道子观音画像，石高丈余，观音像线势盘旋，古趣横溢；审视碑阴，则有正统五年字样，因知此碑必系明代重刻或仿刻物；然此碑为兹山石刻中之珍物可断言也。

下山驱车至铜山县政府访王公屿县长，又至县立师范访徐西明校长，皆不值。转至陇海路车站，时已日午，购车票并招呼行李上车，至十二点四十分开车西行，即与寿峰、增善作别。下午九时抵开封，河南古迹研究会派人到站来迎，即驱车至城内，住宿于大金台旅馆。

徐州“五省通衢”牌楼

徐州远景

云龙山上的节孝牌坊

戏马台所在户部山全景

徐州黄河故道堤岸

开封之盘桓

十二月七日　上午八时河南古迹研究会郭子衡（宝钧）先生来访，郭君籍贯河南南阳，久在河南从事考古工作，对于该省盗掘古墓情形甚为谙熟；余等听聆其陈述，认为甚有价值。旋赴省政府访方秘书长，接洽赴安阳、洛阳两地视察事宜；并承慨借汽车一辆，以为游览城内外之需。复访民政厅长李培基氏，询其办理盗掘古墓案件之经过。李君对此大发议论，然未有若何切实之办法也。至龙亭，观其地势及建筑，气象甚佳。其旁即河南古迹研究会，此会为中央研究院历史语言研究所与河南省政府合组，今主持其事者为郭君子衡。余等入内观览，一室满贮古代陶器、兵器、用具以及明器，种类甚夥，皆为该会数年来所苦心搜集者。另一室为近年自浚县掘得之周朝晚期铜器，数量亦多，余等一一审视，郭君子衡又复加以说明，倍深兴趣。铜器中之车轮轴壳、方相假面及带饰上之一群小饕餮，皆为余个人特感浓味者，把玩比视，手不忍释，安得有闲岁月埋头作一番研究。是日中午，刘主席经扶宴翁咏霓先生，邀余等作陪。盖翁先生赴焦作整理中福煤矿，方道出开封也。余等至联欢社赴宴，席间晤教育厅齐厅长，

河南省立博物馆大门及内景

李省委敬斋，顺便请彼等注意盗掘古物事件。

午后赴省立博物馆，先参观馆内所藏北魏及隋唐石刻，魏石中正光五年刘根造像为著名之刻物，高约尺半，宽约五尺，中间所绘佛像及供养，至为精致，可视为北魏佛画之重要资料。数年前顾鼎梅先生贻余此石拓本，甚为珍惜，今见原石，欣快可知。墓志以元氏八种即元彬、元怀、元腾、元譿、元乂、元晖、元昉、元宝建，为精异之品，其中若干墓志盖上之花纹，刻镂精巧，可窥测当时装饰艺术之一斑。馆内唐代墓志亦甚多，如泉君墓志铭，为唐志中出类拔萃之物，他处鲜见其匹敌之品。其他诸石刻或堆积庑下，任尘土之侵蚀，或露置庭院，虽风雨亦无蔽，余与仲良叹息久之。略观汉唐明器

抗战时期滞留在博物馆内的文物

刘根造像拓片

河南省立图书馆内景

及其他藏物后，至陈列新郑铜器之一室，诸器为春秋时物，或谓郑所获之楚器。此先民伟大之制作呈现于我人之眼前，我人咋舌赞叹，不禁失色。嗣细观型式及花纹，玩味良久始已。既离其室，此等巨制犹盘萦于余之脑海而不渝。艺术之感人欤，抑先民精神之感人欤？馆长关君百益，招待茶点于其办公室，出示其新编《河南省通志金石志图录》，盖为大本巨册，装帧华美，用珂罗版选印铜器石刻。余私忖斥数万金以印此旧式之金石图谱，殊不值得，且诸种石刻不摄取原石而徒影印拓本，则观拓本可也，何必浪费至此。然关君兴致殊豪，倘余直陈所怀，必不以愚见为然也。

赴城东北隅观祐国寺，状殊荒落；广场中直立铁塔一座，为开封名迹之一，故此寺又名铁塔寺。塔系宋乾德年间所造，毁损于元末兵乱，洪武二十八年、嘉靖三十三年先后修葺。塔形八角十三层，初层广约丈五，自塔基至顶约高二十余丈。塔门封闭，不能入内参观。塔外壁面之琉璃砖，或施黄釉或施绿釉，有双佛龛、五飞天、龙纹及花纹等之阳刻，在全体上甚为美观。余等摄影毕，复远视形式，觉均整妙丽，确为宋代之遗构也。

至河南大学，参观新建筑，建物以西式为骨干，略参中土旧制，此为今日流行之形式。惟大门朱漆雕镂，与简朴之全部机构，殊欠调和，此由于故意求显中国之体制而惹起之缺憾。

龙亭全景

龙亭近景

开封铁塔

参观该校图书馆，见其编目典藏出纳管理，使用新式，甚为妥当。转至省立图书馆，略翻关于河南掌故之书籍，时已入暝，即至樊楼饭庄晚餐，郭君子衡、关君百益、河南古迹研究会主席某君、省政府秘书马君非百皆在座。马君颇关心盗掘古物案件，前此曾予学术机关以助力，此次行将出发安阳一带视察政治，盗掘案件亦为其注意之一端，故言谈间甚为欢洽。

十二月八日　上午八时早餐毕，郭君子衡来访，略谈，遂同驾汽车赴黄河观览。九时半出城，十时达河岸，岸堤下堆集士敏土之铁筒甚多，闻省政府正在筑引水机，俾引黄河之水以灌溉附近之田亩。余等来往步于河堤，观览黄水，时适水浅，惟见崎岖之沙塘中棙行数支委婉之细流而已。回途至城东国相寺，寺后即繁台，内有繁塔一座，亦为著闻之胜迹。有石刻《万历四十五年繁塔寺重修记》，可以考见寺塔之兴废，兹节录碑文于后：

> 大梁古迹莫不知繁台，盖师旷作乐于此。……繁台寺三，而天清其鼻祖也，肇建五代，周显德中为天清节，故以名寺，今所称繁台塔者，即当日兴慈塔也，宋太平兴国二年重修，元末兵燹，寺塔俱毁。国初重建而削塔之顶，仅留四级……为铲王气故耳。国相寺者本天清寺之前楼，洪武间僧胜安栖之……周国主穆然思维，而有感于衷焉。

开封繁塔（上）及塔身细部（下）

开封禹王台

> 遂捐帑万缗，鸠工庀材，三寺一殿，同时并葺，金碧视昔加丽，栋宇视昔加隆……

明初将塔截顶，可谓此塔遭戮首之惨，故今下三层为旧物。万历年间修葺，又遭明末流寇之毁损，至清初重修，上五层之小塔殆成于清初。塔形六角，初层甚巨，依次而上，逐渐减小，犹存昔日壮伟之观。壁面方砖，边缘花纹，中为小佛像，皆阳刻，敷以暗碧之釉药，全构宏丽，为宋初建塔之重要资料。稍远望之，大塔中插一小塔，而小塔既非塔顶，俨如将较小之模型暂置于大模型中，故呈现离奇之状。

出国相寺，至吹台，台在农林场中间，后人祀夏禹王于此，故又称禹王台。观其堂宇，似近代修建，内有康有为所书石刻。闻某君云，圣公会内有犹太教之石刻，亟往访观，则为正德七年所立之道教碑，不禁丧然。至和盛庄午餐，返旅馆，民政厅李厅长来访，略谈作别。余等以时间关系即准备行李，下午三时乘车西行，五时半抵郑州，停息旅舍，通电话询问铁道部扶轮中学校长吴乃立兄，云已赴京。及九时乘平汉快车，向彰德出发。

安阳小住

十二月九日　黎明三时半抵彰德，中央研究院殷墟发掘团派人来站照料，即导往城内，余等于霜天黑月之中，车声辘辘，穿越委曲而沉死之市街，良久始达冠带巷该团办事处。至则李济之、梁思永两先生皆披衣起迎。余等扰其酣梦，至觉心感不宁。便共进面食，谈论沿途见闻，时杂诙谐，在兴奋豪迈之气氛中，尽忘数日来行旅之苦矣。至上午六时，始各回室休息，余与仲良共寓一室，对床而卧。既灭烛，犹絮絮谈视察之计划也。

上午十时起身，详审发掘团所提供之材料，始大惊异，以为此种大规模之盗掘，决非细人无知之辈所为，而背后操纵指使者，有不可忽视之恶势力在也。下午访行政督察专员兼安阳县长方策（定中），梁君思永同往。余等说明来意，并解释地下古物之重要性，希望地方长官注意其事。方表示到任以来对此类案件，凡有确实证据者，无不严办，并缕陈办理经过，最后对于新近发生之十一月十五日黑夜盗掘案有所申述。案，此案有专员公署侦查员李冠参加，情节离奇，详发掘团关于此案书面记述，兹不具录。余等听聆方专员之陈述后，对于案情中重要关联之点特别提出，请其注意，并希望其对于该案迅速使其水落石出。安阳一地，盗风之炽，既若是其惊人听闻，余等乃决定明日前往盗区视察，以作实地之勘验。

十二月十日　上午九时余等偕李委员济之、梁主任思永，由冠带巷出发北往，渡洹水，朔风迎面，泥尘散扬于天空，如沉入在浓雾之中。余衣单薄，幸济之借余外衣一袭，以衣领裹头，蜷缩于洋车之中为低弱之争扎。又往西转北，至纱厂下车，踯躅旷野，阡陌之旁已见盗掘痕迹。此地殆已为殷墟之区域，余等检拾瓦物视之，皆为古陶之碎片。仍西偏北行，

安阳殷墟远眺

安阳西高平村

历大司空村、小司空村、武官村，沿途盗掘坑穴，累累皆是。坑作长方形，穴口宽约二尺，长四尺或一丈不等。余等下车探视深度，或深三四尺，或深七八尺，间有周数丈之坑穴，而其深度更为可观。此等坑穴，或已填土，或仍为深坑。仲良按照路线图随记坑穴，不下数百处。此仅限路旁所见，而视线所不及处，不知尚有几千万也。过武官村复往西北行，达发掘团之现工作地点。时发掘团正从事于东西两处亚形巨陵之发掘，工程深已数丈，凡坟穴之构造、出入之通路、隧道之敷设，皆历历可认。余印象中最感欣快者，则一般工人与科学工作人员打成一片，埋头工作，愉快迈往之精神，洋溢于发掘场上；盖美满之成绩率由艰苦与愉快相互紧绞而获得者也。余等参观工作情形后，往东越一小路，约百余步至武家坟园，园内丛植柏树，故又称柏树坟。在坟园西首，盗坑甚多，约计三十五穴，皆作长方形，口宽二尺，长四尺，深约三尺。梁君指示余等曰，此即十一月十五日黑夜所盗掘者，亦即捕获盗众李冠等之地也。余等审视之下，确认为新坑，虽间有数处填土，而松疏可认，此乃盗众事后所为希图掩迹者。时安阳教育局长张韶华亦莅址，相与验明。余等再从此地兜绕发掘团之现工作地点，见四周类似之盗坑，尚不一而足，推想由此类事件而损失之古物，不禁丧然。

及午，赴侯家庄发掘团宿舍。面上满堆泥尘，以掌抚之，满掌亦为泥尘，于是具水盥洗，水与巾皆乌黑如染。济之作豪语曰，数月未尝此风尘，此来再尝，倍觉爽快。室内有一框匣，置新发掘之织物纹绘，用朱色及黑色所绘，此为最古之绘画资料。古代绘画用色，朱黑最为普遍，中外皆然。此物因年代久远，织物与泥土胶结不分。由梁君思永精巧之手腕，剖切粘贴织物之泥面而装于木匣，时渍水匀泥，使不干裂；故我人见之犹觉画面上绕有坟陇中之阴气也。在此午餐，下午一时半复出过洹水南岸，转向东南行，至孝民屯，亦见累累之盗掘坑穴。梁君思永云，自此以南若干里，沿途皆可见密布之盗掘坑穴也。余等以时间所限，不及遍观，而所得材料已足证实盗风之炽烈。由孝民屯东南行，过王裕口至小屯，此为中央研究院前届之工作地点；盗掘坑穴，亦随处皆是。余等憩息发掘团所筑之所谓殷式小屋，此乃发掘工人休息之处，即摄影以留纪念。此小屋之壁上有粉笔书写之标语云：“只许州官放火，不准百姓点灯。”又：“压迫平民生活之董（彦堂）梁（思永）誓与拼命。”盖为盗伙所书而恐吓发掘团主持人者。余等转往袁家花园，即袁世凯之别庄，花园西首亦有簇新之盗坑一处。花园今为高级中学，入内参观，校长某君朴厚可亲；导至西偏，各级分院教读之处，校长谓此袁氏当年分院以处其众多之美妾，一妾领一院，使各安其居。今移作校舍之用，甚为适宜。旋赴袁坟，闻此坟为朱启钤所设计，坟前有石雕文武官员、石虎、石马，然技术卑陋，了无生气。出袁坟，即驱车遄返安阳。

余等于下午五时返寓，方专员来访，即将本日视察所得之情形告之，并询其意见。彼此谈话甚多，彼之表示，亦殊恳切。然有两点足使我人注意：（一）刑法上对于盗墓处分甚轻，犯者往往甘受数日之禁锢而一犯再犯。对于此点余等在开封时已考虑及之，以为可援北平军分会所拟办法从严处治。（二）农村破产，人民生计断绝，不得不营此等不正当之勾当，以图侥幸获利。对于此点余等之见解，以为苟所掘获之古物，其出售之代价全归人民，亦一佳事；奈今日之盗掘，组织严密，古董商为灵魂，土劣为保护人，人民为牺牲品。所售出之代价，徒饱古董商与土劣之腰袋，而人民所得微乎其微。故农村破产云云，骤闻之似亦言之有故，细味之则全无根据。古物为文化产物历史材料，非通常之经济产品可比。余等又谓今国家保存古物与古董家之玩弄古董截然两途，余等个人绝无古董之嗜好，所以斤斤于此者，一古物离其埋藏地点已失去其大部分之考史价值；一古物流入古董家之手，无异石沉大海，学者不得据以研讨；一古物流入外人之手为国家之重大耻辱。方专员闻余等所言，似亦感动，并允嗣后发现此等事件，严究不贷。晚饭后与济之、思永谈至深宵而息。

十二月十一日 清晨本地新闻记者来访，余等告以此来任务及昨日视察之印象。中有一记者谓，此地盗掘古物已成风习，每次盗掘，区长、保长以下无不预闻，盗赃出售后，此辈得分润甚多。北平、天津、上海等处之古董商，在此地皆有秘密办事处之设置，而区长、保长则为古董商所利用。古董商有时且偕同外人来此坐收，可云无恶不作。当初古董商尚有忌讳，自去年集资五千元，捐助成立古物保存会后，乃公然贸易，肆无忌惮矣。余等甚感其提供新消息，即请舆论界时时注意纠正社会之恶习。

上午赴古物保存会，询主任委员裘希度以该会组织状况，彼谓由绅商募资组织，呈由县政府立案者；出示委员名单，县长及绅商不下二十余人皆为委员，而捐资相助之古董商王某、李某、邢某亦列在名单中为委员。所藏之物真赝杂陈，有古铜器，有古陶器，有魏齐造像等类。此类陈列品之来源有古董商所赠与者，有县政府没收而移交者，有热心之士所捐赠者，其中固不无可观之品，然乱七八糟，令人不耐审视。该会既借古董商之力而建设，不啻为保护古董商而提倡盗掘之机关。余等以为县政府应加纠正而收归于教育局办理，此点容与方专员商说也。余等在陈列古物之二室盘视一过即出，在走廊下见碑刻数方，则为唐代墓志：（一）大唐故处士张君墓志铭（龙朔元年）；（二）大唐故处士康君墓志铭（神龙元年）；（三）大唐故处士宋君甘夫人墓志铭（开元十七年）。俟读一过，文字不佳，且无内容，殆为当时之讣告，自非珍品。又在门限旁见一木版旧刻，审视之，则为古天宁寺图，可考见天宁寺旧观，乃雇工印刷一份。又闻吴道子所绘大士像数大幅，自大佛寺移存于此，发卷观之，审为明人作品，吴道子云者，耳食之辞也。

饭后在寓，起草视察报告毕，与济之、思永谈话。下午四时赴天宁寺，按《安阳县志》卷八，此寺“周广顺二年建；元延祐二年修；明洪武初，置僧纲师于内；成化五年重修；乾隆壬辰彰德知府黄邦宁重修”。但据嘉靖三十七年睿制重修天

天宁寺远景

宁寺塔碑谓“邺有天宁寺，创自隋仁寿初年”，则隋朝时已建，周或据其已毁之址而重建也。大殿内塑佛三尊：释迦、药师及弥陀。虽经屡次修饰，而喇嘛教式之宝冠，尚明晰可辨。殿前及左右列禅家三十六祖大像，可知其传教源流之所自。大殿西南首之大塔，为著名之建物。塔作八角形，高五层；初层甚高，自第二层起逐渐低矮，但自下而上逐层体积渐大，其形式甚为别致。初层砖造，壁面施以美曼之雕刻；第二层以上砖木相间，备显技巧；塔顶亦为喇嘛教式，更显瑰玮之观。就其建筑而论，殆为元延祐间物而历明、清重修者也。观古天宁寺图刻本，梵宇园林，曲折幽邃，而所占面积亦殊广。《县志》记天宁寺甚略，兹录其图记于下，以见清代重修之概况：

按天宁寺在彰德府治西北里许，始建于隋仁寿初，继修于周显德中，宋元之间，相继増修，明洪武间置僧纲师于此，规□□□，甲于河北，梵呗之声，喧然不绝，为南北丛林冠。寺有塔，高五级，由下而登则渐宽敞，其颠则为平台，周遭约容二百人，远眺□行，历历在目；居郡庠之艮位，堪舆家胥称关系阖郡文风云。历年既久，诸殿悉成瓦砾，惟此塔巍然独存。乾隆庚寅冬，郡贡生□□等，公□捐修，始而以工大费繁难之，既而乐输者云集，于是清厘基地，遴选绅士之能事者，得张彬、田百谷、王调元、申庆曾督工；田涧□、□天远、张本、王庆元□之经历；费德轩、安史士、□□威、稽查□□之勤惰；知府远亭黄公则董其成。自辛卯二月开工，迄壬辰八月告竣，计重□山门外照墙一堵、路东关帝庙、迎路元帝庙、护寺土地庙各一所。陀罗尼门三门，左角门曰吉祥，右角门曰如意；左门内旧有井，甘冽异常，居民共汲，众议欲塞，而黄公独作铭以留之。旁置井神庙一区，天王殿五间，东西钟鼓楼各一座。钟楼之北为文昌阁，鼓楼之北为文峰塔，重为修饰，并于顶上建星一间，以避雨淋之患。创

天宁寺塔

天宁寺塔细部

造大殿五间，东地藏殿，西无量殿，左右客堂斋堂各二十余楹。斋堂东北有旧瘟神庙，每岁地方官例以五月五日致祭。重修雷音殿七间，东西禅房各五楹，延寿殿五间，东太守庙祀甲子诸神，西陶许庙列供历代名医。观音殿五间，东五龙庙，西财神庙，弥陀龛一区，东火神庙，西漳洹河神庙，凡七进。自雷音殿而东为方丈，曰闻樨堂，再入为高僧祠；由方丈而东为慕韩园，园有放生池，池跨石桥，植以莲藕，垒土为山，循以栏楯。为亭者三，曰一觉，曰达观，曰清风徐来；为堂者一，曰鸢飞鱼跃；为回廊者六十有二，竹风蕉雨，意致可观。池之北为吕仙殿，殿后为神工庙，木石泥水匠作自营以祀公输子。雷音殿之西为三师堂，画塑油漆诸匠，建奉厥祖。画寺界，筑围墙二百七十六丈，以防后之奸徒侵占。共用乐输银二万有奇，一切部署皆黄公亲为相度，其用心盖良苦矣。今则焕然一新，远近称为胜览。谨刊此图，使后人知黄公之守彰，百废俱举，此为一端云。乾隆三十七年岁次壬辰八月吉旦谨识。

天宁寺在今日，已甚荒凉，而周围建物虽可按图索骥，但多改建作别用，故此图记犹可为考献之资。

宝山石窟

十二月十二日　余等以宝山为安阳之佛教名域，有石窟之留存，爰偕济之作宝山之游。晨六时起身，七时半由冠带巷出发，以该地前有匪警，承方专员派陈班长随行。出城向西，过梅元庄、北流寺、北曲沟、西曲沟，皆坐洋车沿汽车道以行；汽车盖直达水冶，余等则由西曲沟折向西南行，至西高平村略息，余与济之互摄一影以留纪念。复向南行入山。山产煤，质良佳，煤以驴运，驴车拥塞道途，颇碍通行。沿安阳河岸西南行，至南张武村，寨门弧形门桄，石造，雕刻花纹甚古。渡安阳河石桥，桥东有土坡隆起，为旧垒遗址，上坡检拾碎瓦视之，似为汉代遗物。桥西为北方山村，改由涸河中行，十一点五十分至天禧镇。此镇肇建隋代，往昔当为繁盛之区。是时保安队一列由山北渡河来护送，直向南行，越山岭，十二点十分至善应村，有河流自小南海来，贯于东西，余等傍河而行，南向过石桥，桥横列石条而建，低而平，边缘为犬牙形，以防急湍之冲毁，诚美制也。余等在善应村区公所略憩，进午餐，啖面包粗食，殊觉甘美。下午一时四十分，舍车雇驴，向宝山出发，余不善骑驴，驴又劣，骑数分钟即觉尾骨搓磨作痛，然以入宝山之兴至浓，奋不顾他。余等过小南海之北岸，见山边有浅窟数龛，佛头已被斫去。二时二十分入山，转向西北行，过黑玉口，盘旋于山岭间，风景幽绝；三十分至宝山寺，余等目的已达，狂喜不置。

宝山寺始建于魏，隋称灵泉寺，历驻名僧，为此方巨刹。余等入其域，荒芜寥寂，望而知为人迹罕至之地。现存大殿五楹，殿前走廊左面壁上嵌砌一石碑，曰“魏武定四年岁在丙寅四月八日道凭法师造”，殿后观音阁内塑千手千眼佛像，虽觉剥落，犹存壮丽之观。殿前有新筑之玉皇庙数楹，亦殊冷落。寺前小丘有隋灵裕法师塔，宋绍圣元年建立。此为砖造二层之方塔，塔顶有承露盘，盘上有宝瓶，盖为宋代建塔之流行形式。越寺而至北面之高冈，僧侣之烧身塔林立其间，有道凭法师烧身塔、灵裕法师烧身塔等，墓形奇异，倚岩凿壁，一区一塔，此种伟观为他处所罕有。

西往里许达万佛沟，山岩石窟甚多，其较小之窟大率为浅龛，佛像亦为浮雕，然破损已甚。其较大之石窟，曰大留圣窟，在南峰北部中间，方约八尺，又称朱砂洞，为东魏道凭法师所造；中置石刻佛像释迦、弥陀、弥勒三尊，惜佛头被盗，就其雄伟之佛躯而观，犹可想见东魏雕刻之豪像。曰大住圣窟，在北峰南部中间，方约丈许，又称飨堂窟，入口外壁有石刻云：

> 大隋开皇九年己酉岁敬造窟，月功一千六百廿四，像世尊用功九百，卢舍那世尊一龛，阿弥陀世尊一龛，弥勒世尊一龛，三十五佛世尊三十五龛，七佛世尊七龛，传法圣大师廿四人。

按，此窟为灵裕法师所造，《续高僧传》卷九“灵裕”条下云：“后于宝山造石窟一所，名金刚性力住持那罗延窟，面别镌法灭之相，山幽林竦，言切事彰，每春游山之僧，皆往寻其文理，读者莫不唏嘘而持操矣，其遗迹感人如此。”则所谓大住圣窟者，金刚性力住持那罗延窟之简称也。入口外壁，右刻迦毗罗神王，左刻那罗延神王，皆身衣武士之装，头戴天冠，一手执剑，一手执三叉鉾。迦毗罗神，被饰有三鬼面之胸甲，膝头裹有饰以象面之坚甲，足踏驴背。那罗延神王，武装之上更裹以袍，足踏牛背。两神长髯威武，宛如老将，盖为写实之浮雕，令人见之，疑为 Michelangelo（即米开朗琪罗——编者注）所造之摩西像也。此两像描摹人性之伟大，全体气象雄浑，为浮雕中之杰构，亦为唐代雕刻之直接前型，至可珍贵。窟内北、东、西三部分，皆本尊与胁侍：北面以卢舍那佛为本尊，右菩萨，左罗汉；西面以阿弥陀佛为本尊，左右菩萨；东面以弥勒为本尊，右菩萨，左罗汉。惜诸佛头被盗，无从观其体制，就其衣纹而言，简朴劲健，亦为达到唐代雕刻之

宝山大住窟南壁拓片

前型。石窟四隅刻柱形，其上造七佛及三十五佛小坐像；天面中间刻莲花，四方刻飞天，华美壮丽，稀有之奇迹也。宝山全域石窟之毁损，令人见之咋舌。据土人云，民国七八年间驻军毁损大部分，后屡由古董商窃击佛头以去，故绝少完好之佛像。

天色将暝，驱驴欲行，济之见山上所产白石，质洁而细，欲购一块运入城内，用以仿制新自殷墟掘得之石刻饕餮跪像，惟以运输艰难作罢。余等乃离山长驱而下，至小南海，落晖暗淡，月色微明，左傍山坡，右挹水流，景色幽丽，而远处水磨、辘辘之声，因风送耳，又觉别饶韵味。回至区公所，时已五时半矣。晚饭后即睡于区公所，屋内煤炉气恶，窗户直辟，身乏梦酣，未觉严寒之来袭也。

十二月十三日 晨六时起身，进面食后即由区长某君导游小南海。由善应村出发，沿南岸西行，在村西王怀信宅中见一元朝圣旨碑，碑高丈余，其旁为厕坑，碑后杂堆柴草，其上盖以陋劣之茅屋顶。碑文半为白话文半为蒙古文，兹录白话文于后：

长生天气力里，大福荫护助里皇帝，圣旨，军官每根底，管城子达鲁花赤官人每根底，往来行的使臣每根底，宣谕的圣旨，成吉思皇帝，月古台皇帝，薛禅皇帝，完者

> 都皇帝，曲律皇帝，圣旨里和尚，也里可温，先生每，不拣甚么差发休著者，告天祝寿者，么道有来，加今呵，依着在先圣旨体例里，不拣甚差发休当者，告天祝寿者，彰德路有的善应储祥官里住持的提点，葆和显真弘教大师陈道明，彰德路有的官观提调，着行者么道圣旨与了也，这的每官观里，他每的，房舍里，使臣休安下者，铺马只应休与者，税体与者，但属官观的水土园林碾磨店舍铺席解典库沿堂，不拣甚他每的，不拣谁休倚气力者，更这陈道明倚着有圣旨么道，无体例勾当休做者，做呵，他不怕那甚么，圣旨。虎儿年七月二十八日，察罕仓有时分写来。

此碑碑文武亿《安阳金石录》卷十、冯承钧《元代白话碑》内皆曾抄录。关于考释及白话用语可参阅上列两书，兹不赘陈。《安阳金石录》谓碑在善应村菜园，今菜园已盖茅庐，为王怀信之住宅，桑田沧海，将来不知又如何，故录其碑文及记其所见如此。复步行至小南海，泉水自石罅涌出，汇流成泽，往东北流者为洹水，故此地即为洹水之源。群山环峙，海水铺接山麓，临海突起一小丘，丘上建观音阁，古柏一株，欹侧阁外，低矮之长桥，穿贯海心，望之如蜈蚣，幽致盎然。余等攀登观音阁，下丘傍山麓狭道而行，过长桥而至北岸，乃与区长作别，坐洋车回城。九时半抵天禧镇，复沿河行，至煤窑，过北方山至南彰武村，皆余等来时之旧路也。由此往东偏北行，约十时半，在高原上望见低洼处有一梵宇，乃下车访观，寺曰营岗，据碑文创自汉季，历唐宋迄明成化间，屡经重修。余等进山门，入大殿，佛像甚多，皆系陋塑，且剥落殊甚，两旁佛龛之石案，施有浮雕，奔马飞鸟，极尽生动之致，疑为隋唐时物。正殿面对小阁，阁有双门，绘两胡人像，手执戈而立，生气充溢，颜色鲜明，亦佳构也。再往后进，则锢闭不得入，从窗棂间窥佛像，乃近时所塑，无足流连。十一时复东行，渐入平原。车行甚速，十二点十五分至彰邓村，有佛庙名护国寺，入内观览，未有所获。寺前有一碑略谓，道光间此地遭地震，寺庙皆毁，亦有裨掌故也。下午一时半至曲沟，为安阳大镇；偏向东北行，过骈家庄，入汽车道，二点至邵村，在此进面食；乃循旧道回安阳，时已三时半矣。

余等回寓略息，即准备行装，四时半赴车站，五时车南驶，十一点二十分抵郑州，转搭西行车向洛阳出发。车中回思在安阳之数日，与济之、思永纵谈深夜，时复达旦不休，其愉快之余味，犹萦绕于余等左右也。

十二月十四日 黎明三时余等于霜天薄雾中到达洛阳，进金台旅社，倚榻暂息，蒙眬入睡。上午八时起身，九时访督察专员王次甫，作必要之商谈。旋赴市街游览，并移寓于铁路

宝山小南海

局十九号。下午赴周公庙，后殿为定鼎堂，民国二十一年国民政府迁都洛阳时，考试院加以重葺，故焕然一新矣。殿之两旁室内，满砌石刻，大抵皆为洛阳近年出土之隋唐墓志，以室内光线不佳，不能一一审视。旋出转赴西营，观察地势，往四周略作盘旋，即返寓。

宝山灵泉寺全景

隋灵裕法师塔及刻经

唐玄林禅师塔

宝山大住窟外迦毗罗神王

宝山大住窟外那罗延神王

宝山大留窟东方尊石像

灵裕法师灰身塔

洛阳白马寺

十二月十五日　上午八时出城向东出发，先偏北行，随转东偏南行，过瀍水，经大觉寺，见旧城基一段，传为古洛阳城遗址。九时半至杨湾，路旁平原古冢棋布，大者高约二十余丈，周约二百步，或为帝陵，或为名臣之墓；有可考者，有不可考者。文东行至管鲍分金处，有一石狮陷于泥中，视其头部雕刻，必为唐以前物，旋过分金沟村庄，村前有一石羊，雕刻古朴，亦为唐以前物，此殆从墓域运来，或此村之前身为古坟地也。十一时至白马寺，此为佛教东渐之最初史迹；今忽呈现于余等眼前，余等不禁欣喜欲狂。

白马寺历史悠久，可远溯于后汉。《魏书》卷一百十四《释老志》叙佛教东来云："案，汉武元狩中，遣霍去病讨匈奴，至皋兰，过居延，斩首大获昆邪王，杀休屠王，将其众五万来降，获其金人，帝以为大神，列于甘泉宫。金人率长丈余，不祭祀，但烧香礼拜而已，此则佛道流通之渐也。及开西域，遣张骞使大夏还，传其旁有身毒国，一名天竺，始闻有浮图之教。哀帝元寿元年博士弟子秦景宪受大月氏王使伊存口授浮屠经，中土闻之，未之信了也。后孝明帝夜梦金人顶上有白

洛阳白马寺全景

洛阳白马寺大殿

光，飞行殿庭，乃访群臣，傅毅始以佛对，帝遣郎中蔡愔、博士弟子秦景（宪）等使于天竺，写浮屠遗范，愔仍与沙门摄摩腾竺法兰，东还洛阳，中国有沙门及跪拜之法，自此始也。愔又得佛经四十二章及释迦立像，明帝令画工图佛像，置清凉台及显节陵上，经缄于兰台石室。愔之还也，以白马负经而至，汉因立白马寺于洛城雍关西，摩腾法兰咸卒于此寺。”此段记载比袁宏《后汉记》卷第十内所叙为详尽，白马寺为佛教东渐之最初史迹，盖非过甚之辞也。寺名白马，其取义有二：其一即上述白马负经而至因立白马寺，杨衒之《洛阳伽蓝记》卷四“白马寺”条所载，亦主此说。其二为招提之改称，梁僧慧皎《高僧传》卷一云：“相传云外国国王尝毁破诸寺，惟招提寺未及毁坏，夜有一白马绕塔悲鸣，即以启王，王即停坏诸寺，因改招提以为白马，故诸寺立名，多取则焉。”晋太兴二年在建康中黄里建白马寺，即从此取义（见《法苑珠林》卷五十二《伽蓝篇》）。余以为招提传说似晚起，且行于南方，洛阳白马寺之取义，应从《魏书》及《伽蓝记》所载。

白马寺初建时情形如何，在今日任何人所不能想象者也。释道宣《广弘明集》卷一，搜录一文曰汉显宗《开佛化法本内传》中有一节云：“传云，明帝永平十三年，上梦神人，全身丈六，顶有日光，寤已，问诸臣下，傅毅对诏，有佛出于天竺，乃遣使往求，备获经像及僧二人，帝乃为立佛寺，画壁千乘万骑，绕塔三匝。”此种记载是否可靠，颇成问题。然白马寺崇饰土木由来已久，《魏书·释老志》云：“自洛中构白马寺，盛饰佛图画迹甚妙，为四方式。凡宫塔制度，犹依天竺旧状而重构之，从一级至三五七九，世人相承，谓之浮图，或云佛图；晋世洛中佛图有四十二所矣。”此当为魏晋间事，白马寺为诸寺刹之领袖，令人犹可想见。而印度式建筑之流行于当时，亦为甚饶兴趣之事实。白马寺在北魏，当有一番盛状，但杨氏《洛阳伽蓝记》卷四所载，寥寥数语，令人失望。有一条记白马寺柰林、蒲萄云：“浮图前柰林、蒲萄，异于余处，枝叶繁衍，子实甚大。柰林实重七斤，蒲萄实伟于枣，味并殊美，冠于中京。帝至熟时，常诣取之，或复赐宫人，宫人得之，转饷亲戚，以为奇味，得者不敢辄食，乃历数家。京师语曰，白马甜榴，一实值牛。”于此吾人聊从寺内珍贵之产品推想及寺之华美庄严而已。曩年白马寺尚有北魏时代造像碑碣之出土，可谓白马寺最古遗物。出土物其一为玉石弥勒像，高与身等，原在殿内，今归美国波士顿博物院。此像形式，具有北魏之一般特质，而面容柔和，衣纹委婉，似为晚期作品（参看常盘、关野《中国佛教史迹》第一集第一图版；大村西崖《中国美术史·雕塑篇》二四五页五五二图）。其二为造像碑首，碑作龙矩式，中有佛龛，刻小佛三尊，下面雕刻飞仙诸景，为北魏碑刻中精致之作（参看大村西崖前引书三七〇页六二七图）。此

洛阳白马寺古塑

白马寺弥勒石像

碑未在寺内检得，殆亦为人攫去矣。唐时白马寺内有铁铸佛像，《朝野佥载》云：“唐神武皇帝七月即位，东都白马寺铁像，头无故自落于殿门外。”史书关于白马寺记载必多，作者见闻不广，拟俟异日补充。

兹略叙白马寺之现况：寺在洛阳城东二十里，其地空旷，望之气象闳庄；第一进山门，标横额白马寺，系明嘉靖间重建；门前有一对石狮，殆亦系明刻。第二进天王殿，左右塑四天王，中塑关公。第三进大殿，新标一横额曰万寺灵光，中塑释迦佛，中左塑文殊菩萨，中右塑普贤菩萨，阿难、迦叶、梵王、帝释、韦驮立侍。第四进法堂，标一直额曰大雄殿，中塑释迦佛，左药师佛，右弥勒佛，东西列十八罗汉。第五进接引殿，中塑西方三圣。第六进已在高阜，地名清凉台，正中陈毘卢佛；左摄摩腾殿，中塑摄像；右竺法兰殿，中塑竺像。此为殿宇与佛像之大概情形，对于殿宇建筑，余为门外汉，不及细观其形制。

寺之围墙内东南隅，有摄摩腾墓，黄土一抔，蔓草滋生其上；有一石碑云“敕赐汉启道圆通摩腾大师墓”，系明崇祯年所建。西南隅为竺法兰墓，其情形与摄墓相仿佛，惟多一砖造之碑亭（摄、竺二僧遗事见《高僧传》卷一）。寺外东南约数百步，地形垲爽，其上即为有名之砖造十三层舍利塔。据常盘与关野解释，“此塔为后唐庄宗所建，庄宗又作浮图九层，

白马寺塔

高五百余尺，为木造物。宋靖康元年罹灾，金大定十五年僧彦公再营伽蓝，又立十三层砖塔，方形，高约百六十尺，模初唐形式而未及者”（参看《中国佛教史迹评解》第一集图版第二）。此塔为金代遗构，明嘉靖间重修，证于石刻，亦可明其原委。

白马寺之兴废，余以为在地志中或可检考若干，适携有嘉庆《洛阳县志》，检卷二十二《伽蓝记》“白马寺”条，转录《水经注》及《洛阳伽蓝记》记载外，有如下之记述：“旧志（寺）在县东二十五里，汉永平十一年作，宋淳化三年，元至顺四年，明洪武二十三年、嘉靖三十五年先后增修。本朝康熙五十二年知县高镐、里人黄璘、僧如琇重修。”此简单之记载，固使吾人窥见宋以来历次修缮之消息，同时又引起我人搜求碑碣。余等观览全寺时，确见若干碑碣，有横陈于院落，有嵌砌于墙壁，至此专意搜讨，得石刻十七种。兹依其时代，缮录于后：

宋端拱二年五月敕命追勒无垢净光大陀罗尼经碑记。此碑甚漫漶，字迹颇不易辨认。内有语云“年代深远，碑记全无”，可见在宋时已不见宋以前之碑碣矣。

宋天禧五年正月七日摩腾入汉灵异记。

宋崇宁二年八月西京留府给白马寺帖。

金大定十五年五月初八日大金国重修河南府左街东白马寺释迦舍利塔记。按此碑碑文已载陆耀遹《金石续编》卷二十。

元至元三十年九月扶宗弘教大师奉诏修白马寺赠诗。

元大德十一年四月故释原开山宗主赠司空护法大师龙川大和尚遗属记。此碑余以为甚重要，内有语云："珍（即门弟子海珍）等涕泣稽颡，敬奉严训，元贞二年，统巴上士奏奉圣旨，遣成大使驰驿届寺，塑佛菩萨于大殿者五，及三门四天王，计所费中统钞二百定。大德三年，召本府马君祥等庄绘，又费三百五十定。其精巧臻极，咸曰希有。"

元至顺四年九月洛京白马寺祖庭记。此碑大部分已漫漶。

明嘉靖三年孟夏重修白马寺记。碑文内有云："唐忠臣狄梁公墓，其神道碑尚存。"狄梁公墓在寺的左近，今只剩黄土一堆及晚近所立一碑。

明嘉靖三十五年十一月重修古刹白马禅寺记。碑中详记建殿宇、肖佛像之种种事实，足资考据。

明嘉靖辛酉（四十年）东嘉王诤奉使河东夏五过白马寺漫赋一首。

清康熙五十一年壬辰四月释源如琇白马寺六景。

清康熙五十二年癸巳孙云霞和颖公（即如琇字颖石）白马寺六景。

清康熙五十二年洛京白马寺释教源流碑记。

清康熙五十五年重修释源大白马寺殿宇碑记。

清雍正十二年释颖石白马寺六景。

清雍正十二年释源大白马寺舍利塔灵异记。

释源如琇清凉台春日有感　此刻无年月，观于上举清代诸碑，可知为康熙、雍正间物。

前举诸种石刻，关于白马寺之兴废、传教源流以及当年景物，皆可藉以窥测。惟王昶《金石萃编》卷一百二十五载淳化三年重修西京白马寺残碑，寺内遍觅不得。在围墙内东隅清凉台下有一石棺，方形，四周刻佛像及花纹，技法质朴，审视再四，似为唐以前物。惟究为石棺与否，不易断定，或为藏经之石匮，此为寺内碑碣以外唯一之石造遗物也。

余等在白马寺内所特感兴味者，厥为大殿中之塑像，此等制作与天王殿及法堂内之塑像，比较之下，颇觉别致。其特点一为身段甚高；二为面容轮廓凹凸处皆以留有棱角之手法出之，宛如希腊石雕；三为衣纹之环褶坚劲，着力而不失自然柔和之致。审其细部之装饰，及剥落之泥漆，亦较他殿塑物为古旧。余等再三相视，参以碑记，认为元代名手之作品而后代曾加涂饰者。《龙川大和尚遗嘱记》内所云，元贞二年塑佛菩萨于大殿，精巧臻极者，恐即吾人今日所亲之手泽也。元代塑工中有域外人参加，此又为精到之作品，必有来历。余等于欣欢鼓舞之余，切愿他日有重莅机会，再加一番探讨也。

由白马寺而西，至旧金镛城，城址尚在，相传李密据此，故又称李密城。转东南行至龙虎滩，得虎头瓦当一，浮雕生动，余与仲良审视，定为北魏遗物，因与造像碑饰之中雕刻有一致之处；又得瓦削文字数种，有曰“壬小石削”，适前年文舟虚先生赠余其所辑《汉瓦削文字谱》知此类物为汉代所遗。渡河而南至关庄，寻魏太学遗址，据一来自龙虎滩之老书生云，土基略高之处，即为石经之发现处。自石经发现后屡有人来盗掘，所存地下遗物大半不翼而飞矣。余等在此基址周围，盘桓半晌，捡得有花纹之破碎瓦当若干，恍然于称此地为太学遗址之不虚也。老书生又云，名震一时之辟雍碑，亦在其南大郊村所发现，今匿藏于同村李氏，居为奇货，拓本出售，价甚昂贵。余等忖思以为此等重器当由公家罗致，否则亦有流入海外之危险。时已垂暮，余等即返枣庄渡河，径返洛城。至专员署与王专员略谈，对于白马寺古塑及辟雍碑之保存，又以刺戟之言辞促其注意。是晚中央古物保管委员会主席委员傅沐波兄来电，有“天寒远涉，益感贤劳”之语，余等阅之，不禁惭汗浃背。

龙门石窟

十二月十六日　上午八时赴河洛图书馆参观藏品，内陈列古代铜器、六朝造像、唐代经幢及明器甚多，然陈列不得法，器物杂乱，令人对之有破铜烂铁之感。余等在陈列石物之一室中观览，最觉珍异者，一为晋韩君神道石柱，柱高约五尺，圆形，直径约尺许，雕刻垂直之瓜棱纹，顶头有装承露盘之小圆榫，上部平石上刻文曰“晋故散骑常侍骠骑将军南阳堵阳干□□□神道”。余秋间在山东省立图书馆内见汉琅玡相刘君神道石柱，其形式与此略同，惟雕有双螭蟠拱。此两物为江南六朝陵墓上神道石柱之前型，吾人不可忽略者也。二为武曌石床，高约二尺，长约七尺，边缘平浅浮雕，人物龙凤野兽，辅以连绵之纹样，纤细精致；合以唐代碑侧之雕饰，其为唐物无疑，惟馆员指为武后之石床，不知有何根据。余等巡览后至庭院，见陈有汉代圹砖两方。砖面各高二尺半，宽四尺余，刻鸟兽若干，散在于砖面，不相连续；刻势爽利，刀法坚劲，与世传汉石画像大异其趣，此必未烧时乘泥土软腻而施以刻画，故能如是新颖生动也。

十时向龙门出发，过河向南行，经大王庄、王城廓、枣村、豆腐村、关林、槐树湾；十时三十分至龙门。沿途已修筑汽车道，故通行尚便。余等先在龙门村略憩，即往龙门山视察。东西两崖隔江遥峙，伊水由此北流，故又名伊阙，谓两山中缺，望之如阙门也。石窟佛洞多在西崖，余等沿西崖南行，依次探视胜迹，兹本其所见并参考常盘、关野之《中国佛教史迹》，略记如下：

第一石窟　上山先见石楼，为光绪壬寅年所建，空无所有。其上为第一石窟，窟基略作长方形，深三十余尺，广二十余尺，角隅圆形。本尊释迦如来，左右阿难迦叶两罗汉侍立，南北两壁为胁侍菩萨之立像，前面为天王鬼怪。此石窟壮丽瑰玮，为唐贞观年间经营，而雕刻形式，犹可认出隋代之风尚也。佛像雕饰本施彩绘，今剥落毁损，无复当年气象矣。

第二石窟　此窟邻接其南之宾阳洞，亦称宾阳左洞，南北广二十六尺，东西深三十二尺；后面雕本尊及左右罗汉两菩萨，其窟基地形稍广而作圆形。本尊高约二十尺，躯体雄伟，船形之背光内，雕莲花火焰纹样。左右罗汉及胁侍菩萨，亦甚魁伟，皆显出隋代雕刻之特质。天面穹形，中刻莲花圈，周围绕以飞天，外缘作绣帐。四壁有大小佛龛，皆为隋唐时作品。北壁有贞观二十二年洛州河南县思顺坊老幼等所造“弥勒像之碑”；其下偏东有一稍大之佛龛，作弥勒椅像、两罗汉、两菩萨、两金刚力士，皆为初唐之雕刻风格。外壁南面，有北

龙门（伊阙）

齐造像，龛内方座上之释迦，衣裾垂直，雕法简朴，盖为北齐之代表作品。龛下香炉及狮像，毁损已甚。

第三石窟 此窟名宾阳洞，北魏时开凿，规模宏大，雕饰壮丽，为龙门之杰制。窟南北广三十六尺，东西深三十三尺，后面刻本尊两罗汉两菩萨，左右壁各刻佛像三尊。本尊释迦如来，趺坐于方台，衣裾垂于前面，全体姿势具均衡之美；面轮稍作长形，眼为纤月之状，唇露微笑，发作波纹。衣纹劲遒，衣角之褶襞，流畅动人。背光作圭形，中饰忍冬、莲花等纹样，气象雄浑，诚为希世之珍。两旁罗汉及左右菩萨，皆以适合之雕法装点，亦皆表现富丽与劲遒之观。窟之前面，在入口左右之腰壁上，刻人物鸟兽，壁面分三层，下层为皇帝皇后率领一群宫人进香之浮雕，皇皇矞矞，不但令人惊叹艺术之高超，且可藉以考见当时之仪式；中层、上层刻佛传浮雕，其丰富优美，与进香图无异。窟前左右外壁，刻仁王像；北边有“大业十二年四月十二日观音造像”之铭刻。

第四石窟 此窟北接宾阳洞，故亦称宾阳右洞，南北广三十一尺，东西深三十尺，稍作方形。本尊释迦如来坐于方台，衣裾蔽其前，面轮略长，姿势均整，亦具北魏作品之特质，惟与宾阳洞之佛像大异，盖技术显有逊色也。且原像损坏，经后世修补，已非当年之真面目。左右两罗汉两菩萨，亦似北魏式之作品，细审手法，与北魏亦有异致。征以北壁小佛龛为大业十三年造，此等佛像或成于隋时而规模魏物也。南北壁及入口之左右壁，有大小佛龛多所，皆作于隋唐，毁损颇甚，令人不耐认辨。窟右即第三窟之左首，有一巨碑，镌龙门三龛记，岑文本撰，褚遂良书，贞观十五年立，此碑金石书籍著录及题跋者甚多，兹不赘述。

第五石窟　此窟在潜溪寺南首之高处，名敬善寺洞，广十一尺余，深十尺半，后面本尊坐像，左右两罗汉、两菩萨、两天神像，壁间又刻菩萨天人等像，前壁入口左右又有多所小佛龛。本尊姿势均齐，容貌丰厚，而温和端丽之姿势，特别媚人，盖为初唐巧妙之制作也。左右侍像，大半毁损，两天神像为浮雕，足踏两鬼怪，颇示雄爽之姿度。天面为穹窿状，中央刻莲花，周围刻飞天，配置皆甚巧妙。入口前面左右之外壁，有仁王像，亦被污损。前面北首有宣德郎守记室参军事李孝伦所撰之《敬善寺石像铭》，西南首有“显庆三年杨真藏刻弥陀三尊”之铭文，则此窟殆为显庆三年以前凿成之物。

第六石窟　此倚崖壁开凿，广五十余尺，深不及十尺，后壁正中刻本尊椅像，左右胁侍坐像。本尊左右两菩萨及后壁两端之仁王，皆系工事未完成之作。本尊高约十四尺，容相柔和，其衣褶贴附肌肤，雕工亦似未完；两胁侍像亦仅成头部，身躯粗砺，未施工事也。此外左右菩萨及两仁王像，仅显雏形而已。北面岩壁上作二佛龛，亦殊草率。观佛像形式如属隋以前物，但甚少其他条件资以论证；又工事中止之原因亦不可详。

第七石窟　窟广约十二尺，深约十四尺，后壁本尊释迦如来坐像，左右罗汉像，左右壁两菩萨两立佛，其他已残毁，佛像左右排列均齐，故俗称八仙洞。此等作品大抵成于初唐，而诸像中间之壁面上多作小佛龛，皆有年代可稽。天面穹隆状，中央刻莲花，周围刻飞天，其形式与第五石窟相似。窟前左右有仁王像，南面一像之旁，有“垂拱三年四月”之铭记，则知此窟之成，当在垂拱以前也。窟内诸像经后世俗工涂饰修补，故臃肿呆木，无复神气矣。

第八石窟　此窟狭长形，广六尺余，深约十四尺，后壁正中凿本尊椅像，左右两罗汉两菩萨侍立，毁损甚多。左右两壁刻千佛像，故名千佛洞。天面上不作雕饰，窟内诸像被俗工涂补，真面目已难辨识。开凿年代不可考，而大体上殆为初唐时期之物。入口南侧有“天授二年”之铭记，则此窟为天授以前之制作明矣。窟前左右刻仁王像，左像已失去，右像亦被毁损。

第九石窟　此窟略作方形，广约十九尺，深约二十二尺，后方正中八角座上雕本尊释迦坐像，左右两罗汉，窟隅两菩萨；诸像后面，又作多数之菩萨像；左右两壁刻万佛像，故名万佛洞。本尊高约九尺，头部虽觉沉重，而容颜和易可亲。

台座八角，台腰有四天王承座。罗汉菩萨皆毁损，涂补丑陋。后壁刻承座五十四菩萨之莲花，枝干相连；而菩萨头部大部分已被击毁。入口左壁小佛龛，有“垂拱二年”等之铭记。天面中央刻大莲花，四周天人浮雕，并刻“大唐永隆元年十一月三十日成”等尺方大字，故此窟又称永隆洞。窟外左右有仁王像，其前雕有两狮像，气概雄毅，盖亦当时之佳制。窟下有一小石窟，广八尺余，深约七尺，雕本尊、两罗汉及两菩萨，背光隙处有千佛像，左右两壁列大小佛龛，皆为初唐时物，惜头部毁失，仅见涂补之陋塑而已。

第十石窟　此窟名塔洞，广约八尺，深约六尺，略作长方形，后壁方座上刻本尊，衣裾前垂；左右及角隅刻胁侍两菩萨，又左右近壁刻两石狮。佛像皆有宝珠形之背光，四壁及入口左右侧壁，多作小佛龛，铭刻甚多。天面为椭圆形之穹窿，中央作莲花。大小佛像，头部皆毁损。石狮尚完好，雕法生动，足征佳制。此洞又名跪狮窟，即以此故。此窟大体成于唐初，后屡次添凿小龛，故有“元丰七年八月”之铭刻。

第十一石窟　此窟前面崩坏，仅存后部，广十二尺余，深存约十尺。后壁作本尊椅像，气概昂藏，背后有中印度式之披肩。右面罗汉一尊，左面列小佛像及小佛龛。左右壁之后方，有胁侍两菩萨像，姿容甚美。其前面各像皆已毁失，壁面又多列小佛龛。南壁东端有“咸亨四年”之铭刻，为此石窟凿成年代之根据资料。

第十二石窟　此窟广约十八尺，深约二十余尺，但其前部左右山岩尚未凿成。天面高二十八尺，作穹窿形，未施雕饰。周壁刻大小佛龛及千佛像，佛像大者高十尺，小者二三寸不等，佛头毁去者甚多。此等作品亦为初唐时物，后壁有“天授二年”、北壁有“显庆元年”之铭刻，可为明证。

第十三石窟　窟广二十余尺，深约四十尺，因其近阙口，俗称伊阙洞。入口上部作尖拱形，拱轮中央刻兽面，其左右刻火焰。入口南侧之壁上，除北魏佛龛外，尚有多所初唐之佛龛，内有“先天二年”之铭刻。外壁刻仁王像，入口北侧一壁损毁，仁王像亦已失去。窟内后部为平面半圆形，中央有本尊释迦立像，左右两罗汉两菩萨，皆为北魏时代之杰作。本尊面轮长形，端丽庄重，衣纹褶襞，遒劲流动；后面作船形之大背光，刻莲花火焰，亦颇宏丽。罗汉菩萨之雕刻具有与本尊适应之庄严与技巧。诸立像之间，凿大小佛龛，作千佛像。南壁作大佛龛三层，又辅以小佛龛，雕饰至为巧丽，北壁亦满作小佛龛。天面浮雕大莲花，三面刻六躯飞天，只前面，未完成，亦未施以装饰，故此窟又名莲花洞。南壁佛龛间有永熙、武平、正光、天保、长安等年号之铭刻，北壁有孝昌、连义等年号之铭刻；知此石窟始建于北魏，而北齐及初唐继增事饰者也。大小诸佛像之头部，几尽被盗毁，当时精丽之艺术，令人未由细玩。

第十四石窟　窟略作长方形，广十一尺半，深约十三尺，后面本尊坐像，高六尺半，左右两罗汉两菩萨。本尊及两罗汉容相已毁，胁侍菩萨犹完好，技法浑朴，古意盎然。左右两壁正中各凿佛龛，内各刻释迦、两罗汉两菩萨，入口两旁刻狮像，惟佛像头部已全毁损，或加修补，或仍毁损后之残状。壁间多作小佛龛，天面穹状，高约十尺，中刻莲花，为未完成之作品。南壁右菩萨之右面，有北魏“普泰元年”、西北隅罗汉与左菩萨之间有东魏“天平四年”之铭刻，故知此窟为北魏时代所经营。

第十五石窟　窟广约十尺，深约十二尺，后壁凿大龛，刻本尊两罗汉、两菩萨。本尊如成于北朝，然非佳制。菩萨刻法稍异，而形相亦较佳。左壁有两佛龛相并，东龛作释迦两罗汉、两菩萨，西龛作释迦椅像。右壁一龛内亦作释迦、两罗汉、两菩萨。其他诸壁面大小佛龛甚多，入口南壁有一北魏佛龛，此外多属初唐之造像，盖有显庆年号可稽也。天面穹形，中刻莲花，周围作飞天，但前面尚未完成。此窟始营于北魏，至唐初必大加增饰一番矣。

第十六石窟　此窟略作长方形，广约十七尺，深约二十一尺，四围壁面上虽作大小佛龛并附有铭刻，而本尊独付阙如；自全体观之，殆开凿而未施工事，颇呈残破，故俗称破洞。壁面诸佛龛大抵成于唐初，右壁有“显庆四年”“龙朔元年”及“总章二年”等之铭刻。龛内佛像，毁损甚烈，惟后壁龛中之弥勒椅像独存，以其在高处，故未被盗毁者殃及，亦云幸矣。

第十七石窟　窟广十三尺，深十四尺余，俗称魏字窟。本尊释迦如来趺坐方座，衣裾前垂，姿势优美，盖为北魏作品。左右两罗汉，头部毁损，两菩萨简易浑朴，亦发挥北魏雕刻之特质。南北两壁各凿大佛龛，各作本尊、两罗汉、两菩萨，外作仁王像；而其头部悉被铲去。壁面多作小佛龛，有“孝昌二年”“正光四年”等之铭刻。后壁罗汉与菩萨之间，有多所唐代所刻之小佛龛。天面穹形，中作莲花，四围浮雕飞天，生动妩媚。入口外壁左右原有魏刻仁王像，皆已毁损矣。此窟左面，即在与十六石窟之间，有一佛龛，刻弥勒三尊，头部亦被铲去，但就本尊其背光面而言，亦为北魏时代之佳制也。

第十八石窟　窟之平面略作长方形，广十四尺，深十一尺，后壁作大龛，雕本尊及两胁侍菩萨。本尊高七尺，台座甚粗糙。南壁有一大佛龛，雕弥勒椅像及两胁侍，北壁刻观音立像，高约六尺。其他壁面大小佛龛甚多，入口南壁一龛显为北魏制作，入口左右壁上留存之北魏刻物亦不少，其余皆为初唐刻物。故此窟，北魏所凿而唐初增饰者也。

第十九石窟　此为奉先寺基址，倚山凿壁，其宏大为全山之冠。平面略作方形，广袤约一百二十尺，自山顶直下，岂昔日建寺于此，故不作窟状也。本尊卢舍那佛连台座高五十尺，方座角隅刻四天王像，各面刻天神天将，北面刻大卢舍那像龛记。左右雕迦叶、阿难及两胁侍菩萨，南北壁各雕两金刚、两仁王，各高约三十五尺。据《佛龛记》，唐高宗咸亨三年建像，皇后武氏助脂粉钱二万贯，至上元二年毕功。本尊宏伟庄严，发作波状，躯体魁伟，衣纹浅刻，盘旋生动，极其雄劲，惟手部、膝部皆已损毁，实为一大缺憾。背光船形，中刻莲花，周作化佛火焰浮雕，宏丽绝伦。此像既合"普照"之神性，又无所忌惮发挥初唐伟大之时代特色也。左右各侍像，亦由同样之技法，表现丰丽之特质，惟身段嫌矮，与头部比较略失匀整，或当时艺人之精神集中于大像，对于侍立诸像不免草率也。

第二十石窟　此窟名药方洞，广十二尺，深十四尺余，后壁正中本尊坐于方座，姿容简素，背光富丽；左右两罗汉、两菩萨，亦古拙而不事琢饰，在全山北魏作物中可谓最简朴之雕刻。前面香炉、左右石狮，惜皆毁损。南壁有一稍大之佛龛，刻本尊、两罗汉、两菩萨。北壁刻二佛，座下又有小龛，其他壁面上大小佛龛密布，有北魏时代所成，有唐初所成。天面高约十三尺，稍作穹形，中刻大莲花，四周浮雕飞天，为烟火所熏，未能明辨。石窟入口之左右两侧，刻药方于其上，此洞

龙门奉先寺卢舍那像

龙门奉先寺左胁侍像

名所由起也。入口上部拱门之中央，刻龟趺，左右作力士形，以之支持碑形石。碑面无文，碑首刻蟠螭，颇觉壮丽。入口两旁浮雕仁王像，气象沉雄，似为唐初之作品。入口前面左右，刻有石柱，形甚诡异。此窟始建于北魏，北齐及初唐皆曾予以数度之改饰。

第二十一石窟　此窟名古阳洞，又名老君洞，为龙门最初之石窟，与宾阳洞同为北魏石窟中之杰出者。广约二十三尺，深约三十尺，后方作半圆形，后壁正中雕本尊释迦如来坐像，高约十五尺，衣裾垂于座台之三面，台下左右雕石狮。本尊毁损，后世补塑甚乏味。后面背光中浮雕小佛火焰，差觉雅丽。左右胁侍菩萨，立于莲花座上，亦具有美曼之背光。南壁大体分三层，下层西偏作二大龛；东偏凿小龛多所。第二层、第三层，各刻四大龛。北壁情形与此略同，大小佛龛，装饰富丽，其旁多刻年代及供养者姓氏，真所谓满目琳琅也。著名之龙门二十品，即自此洞拓出。诸造像铭刻中，太和七年孙秋生等造像为最早，可征此窟即在此时开凿者也。

自古阳洞以南，唐时所成之小窟尚多，大抵无甚异致，惟极南一洞，广十五尺余，深十一尺余，为一杰出之制作。后方正中本尊趺坐方座，像高约五尺，躯体损坏，但犹存丰丽之观。左右两罗汉、两菩萨，毁损至不易辨认，惟见身躯之苗条，以征其技工之妙处而已。南壁东偏一佛龛，内作立像，而头部已毁；其他壁面小佛龛甚多，大抵成于唐初。

观毕西岸，即北返，过土筑之桥，至伊水东岸，山腰有香山寺，相传为白香山读书处。沿途浅龛数处，似为后代所凿，中无石硺，但置陋塑。复向南行，至看经寺，始见奇伟之石窟焉。石窟左室作长方形，广约二十七尺，深约二十尺，本尊坐像，唐初所雕而后世加以修补者。四壁作千佛像，密布而达于天面。天面穹形，中作莲花图像。石窟右室，广约二十一尺，深约二十尺，后壁作本尊释迦椅像，容相端严，衣纹健实，为唐初之佳制；左右胁侍菩萨像，后面作宝珠形之背光，亦复优丽动人。周围腰壁刻《金刚般若经》，南北壁刻传法二十五祖像，旁刻赞语，像皆等身，排列有序，瑰玮生动，洵为大观，惜头部多毁，令人悲愤耳。天面穹形，中刻莲花，周围飞天及云纹。窟之中央有一石坛，作佛像三躯，皆为初唐卓越之品。其附近之小窟，广约十六尺，深十三尺余，刻本尊、两罗汉，左右壁刻菩萨、神将。菩萨头部毁坏；神将完好，姿态威毅。壁面多作小佛龛，天面穹形，中刻莲花，周围刻五飞天，美妙无匹，盖亦初唐之佳构也。出看经寺大殿，弄内壁上，有墨绘三罗汉像，笔法放纵，颇具气势，迥非出于俗人之手。时天将垂暮，急乘车返城。途经关林下车，略观建筑。抵城内，已近八时矣。晚饭后至专员公署，观机场掘出之古物，顺便向王专员辞别。

奉先寺卢舍那大佛全身像

龙门石窟宾阳洞右方三尊佛（北魏）

龙门石窟宾阳洞左方三尊佛（北魏）

古阳洞南壁上部石刻

古阳洞北壁上部石刻

古阳洞石刻细节之一

古阳洞石刻细节之二

渭水古陵墓

十二月十七日，黎明三时起身，准备行装，至车站搭西行车赴陕。五时四十分开车，至十时许，车窗外剧烈之阳光耀于平野童秃之黄土。此种单调之色感反射于车中，余为之头目晕眩。十一时半抵潼关，原拟由此换车赴临潼，余因感头目不适，乃下车赴中国旅行社休息。下午仲良赴城市观览，余仍奄卧旅社，入晚复苏，神志为之一爽。

潼关远望

潼关近景

十二月十八日　上午五时赴车站，搭慢车西行，时天色阴沉，雪花飞舞，车中无暖气管，酷寒，然空气殊清新。十一时抵临潼，飞雪微闪而夹细雨，候西京筹备会汽车，未至，乃自肩行李搭公共汽车赴西安。比为新建之公路，但成路基，路面未施砖石，淤泥泞滑。敝车重压于道途，狼狈不前，时复乘客下车推动；时复缺少汽油而待他车赶来乞借，乘客莫不怨声嗟叹也。及暮抵西安，择寓西北饭店。是晚西京筹备委员会秘书龚贤明先生来谈，共商视察日程。

十二月十九日　上午十时赴省府访耿秘书长，相与商谈数事，而余等所提出之中央古物保管委员会在西安设立办事处事，耿君亦认为切要也。旋辞出，赴陕西考古会，此为陕省府与北平研究会合组者，会内陈列宝鸡县斗鸡台之发掘品，陶器、铜器、兽骨、人骸等件，汉代之物特多，闻其中重要之遗物已运往北平研究矣。近日建筑铁道，自大明宫遗址出土之玉石佛头、佛躯数件，移置会内，审视之下，确为唐代精品。佛躯立像一座，失去头部、足部及两腕，身段苗条，其流畅之衣纹贴附肉体，肌肉凹凸隐显，表出分外之自然与妩媚；就此像所敷之色泽痕迹验之，肉体金色，披肩朱色，裙裾绿色，其妙丽于此可以想见。佛躯坐像一座，头部与右腕失去，披肩湿贴左体，妍美异常。此两刻技工微妙，世所罕见。复赴图书馆参观古物，其中所藏北朝及隋唐造像，颇多佳制，不及一一细观。余等特感兴趣者则为自昭陵移来而砌于廊壁之四骏石刻。昭陵原有六骏，飒露紫及拳毛䯄两物，已被盗往国外；余前见有马圉前立拔箭之飒露紫一刻影片，下标藏于美国 Philadelphia 大学，不知拳毛蜗亦在该处否。今存四石，曰白蹄乌，曰特特勒骠，曰青骓，曰什伐赤；每石高约四尺五寸，宽约五尺五寸，周有缘框，中作二三寸之凸雕马像。惜四石皆有裂纹，缘框及马足皆有损坏处。诸马沉毅威猛，开张骁勇之气概，发露于石刻，可谓无纤毫遗憾。当时琢石者殆深体乎太宗之功业而出此，故神爽奇横，足以惊鬼神而泣风

大明宫遗址出土玉石石佛一

大明宫遗址出土玉石石佛二

昭陵六骏之青骓

昭陵六骏之拳毛䯄

民国时期西安碑林大门

雨也。

余等又往碑林观览。此处在文庙背后，罗藏古碑，故曰碑林。唐文宗开成二年刻石经十二种于国子监，至天祐间改筑长安新城，即委弃石经于榛莽之间，至后梁始移入城内，而土地卑隘，不足言保护，迄宋元祐间龙图阁学士吕大忠移置府学，复将他种贵重碑刻罗列一处，即今日碑林之滥觞也。明成化及万历间，曾加修葺，清乾隆间毕沅又大加改筑，而成今日之巨观。余等入内巡览石经，复审视唐以来各代之碑版，意兴殊浓。余对于大智禅师碑、玄秘塔碑、多宝塔感应碑、隆阐法师碑及景教流行中国碑等之碑首形制、碑侧画像，一一审视比较，觉在美术史上之价值，异常重要。惜室内阴暗，且诸碑密列，少隙地，不能摄影，乃雇工选拓碑侧画像，以为研究之资料。此地虽在清乾隆中改筑，然屋宇敝旧，时有崩圮之虞，余与仲良周览建筑，归京后将提议改筑，以树一劳永逸之计。出碑林，赴书坊购《陕西通志辑要》等书，又赴通志局购《关辅丛书》等书。回寓，接省府来函，已备汽车，明日茂陵之行当无问题也。是晚托省府电驻在宝鸡工作之徐委员旭生，请其来省城一叙，共商陕省古物保管问题。

十二月二十日　上午在寓检翻地志史书，将渭水诸陵墓绘为草图，以为观览时省记之需。下午一时半乘汽车向兴平县出发，天气阴沉，道路泞滑，行驶甚觉困难。二点四十五分

民国时期碑林内景

过丰桥，盖丰水自西北来也。未几达渭水渡口，有土筑木桥达对岸之咸阳城，故名咸阳渡；余等渡河，望河面舟樯及濒岸之城垣，景色荒简，不啻元人之山水画也。绕咸阳而西二十余里至马跑泉，相传唐太宗猎此，马跑地出泉也。三点六分抵兴平县县政府。时天色尚早，乃与县长某君同往城垣游览。转至县府西北之保宁寺，寺后有北塔一座，传为唐代所建。八角七级，高约十二三丈。其旁卧一大钟，上镌“大宋国咸平三年十二月十八日京兆府兴平县保宁寺”云云。大殿西廊有天禧二年保宁寺浴室院钟楼碑，为前乡贡进士冉曾撰并书。复转至文庙。庙前石狮一座，颇古拙有力，殆为唐以前物；内有“大观圣作”之碑一座，系蔡京题额。回至县府晚餐，是晚即宿于县府。

十二月二十一日　上午八时将县府前之石狮及文庙前之石狮摄影后，即乘汽车赴茂陵。茂陵在兴平县东北十五里，有新筑公路可达。余等在陵前下车，即见毕沅所立汉孝武帝茂陵石碑一座。陵基方形，周约二百步；泥土累层而筑，若埃及之金字塔然，惟顶上作平方形耳。四围有城圈，其四门之址犹隐隐可辨，而东段土城城基尚存。余等盘视一过，捡拾绳纹之碎瓦片及回文砖若干物以为纪念。其西北为李夫人墓，东南为霍光墓，西南为卫青及霍去病墓。余等勘查诸墓后，最后至霍去病墓，观览墓上之石迹。

大秦景教流行中国碑未保护前景象

诸墓形式大率为平顶方锥形，宛如一大升倒阖于平地；惟霍去病墓山腰乱石杂堆，与他墓略异。按《汉书》，谓去病元狩六年薨，上悼之，发属国玄甲军，陈自长安至茂陵，为冢像祁连山，则其墓之有别于他墓，自无容疑。惟《汉书》亦称卫青尚平阳公主，与主合葬，起冢像庐山（即卢山，攻匈奴地也），而今日之卫墓亦平顶方锥形，无他特点，可知卫墓早失本来面目，而霍墓犹略存当日之遗意也。征诸霍墓存有多数之石物，其毁损形自不如卫墓之烈。霍墓前面亦有毕沅竖立之一碑，旁有石马三匹，其一为足践匈奴之马，其二为伏马，其三为跃马，技法粗简，但造型卓越，充满生动之活力。左面有石虎一座，石猩猩一座，坟腰有石刻水牛一头，野牛攫小兽像一座，坟顶有石鱼一对。墓后有野人攫齿野猪像一座，野猪一头。此等石刻，可谓现存汉代最古的圆雕，有已完成，有似未完成之作，而一种倨傲之蛮风及汉民族一往无前之向外发展精神，皆可于此等石物中体会之。余审视诸石物，就其技法作比较后，得一感想：此等石物必为祁连山常有之野兽；又冢像祁连山，当时必叠石为山，今土人尚呼为石连山，而诸种石刻任构造成分之山石形状而施雕，故多巨大而未完成之作品。以此意告仲良，仲良颇然余说。余等一一摄影并量度尺寸，备归京后更作一度之研究。闻东南石羊庙内有石羊，亦自此墓出土，惜无时间往访。近年西京筹备委员会在此经

北邙山远景

文王陵前文王坊

霍去病墓

霍去病墓上足践匈奴石马

营，设办事处及民众小学于此。在建筑房屋时，又挖出“长生未央”“长乐未央”之瓦当及棋盘砖等，余等捡拾一二，即入小学休息片刻，向咸阳出发。

下午一时抵咸阳县署，略憩，即向北偏西出发，观览周代诸陵。先至文王陵，陵前亦有毕沅所立周文王陵石碑，其形式为长圆形平顶，不甚高峻。祠堂已改为小学，其前有一牌楼，题为文王坊，更前之大门改建西式，殊不相称。北面为武王陵，陵形方底圆锥，祠堂已毁，略存台级而已。西南为成王陵，东南为康王陵；又东为周公及太公望之墓，余等一一周览，觉形式相仿，惟略有小大之差。在康王陵余等捡得彩陶片、绳纹瓦片及硃红砖等物，以为纪念。又登高望汉昭帝平陵、元帝渭陵、成帝延陵、哀帝义陵等，历历在目。既向东南之归途，又见群冢，传为汉二十八将墓。盖余等自茂陵至咸阳往还，皆在高原上行驶，坟丘密布，实蹦践古人之白骨而行也。四时半返咸阳城，略憩后东驶，抵西安已暮色苍茫矣。

长安寺塔

十二月二十二日　上午八时赴省府与耿秘书长略谈，耿即出示徐委员旭生复电，以工作繁忙，嘱余等往宝鸡一行。余等以路途辽远，归期已促，复电辞谢。是日天阴微雨，雇轿车赴城南观大慈恩寺。考《长安县志》，此寺本隋无漏寺之地，武德初废，贞观二十二年高宗在春宫为文德皇后立，名慈恩者，谓崇报慈母之恩也。后以盛大之仪式迎玄奘入寺，尊玄奘为慈恩大师，而慈恩寺遂为天下巨刹。余等抵遇仙桥下车，即入山门。山门金刚殿三间，列四金刚像；有钟楼鼓楼东西对峙。东为观音殿、伽蓝殿，皆已圮毁；北为弥勒殿，殿后石牌林立，乃历代题名及重修梵宇之碑碣也；再北为大雄殿，殿后为院落；再北为上殿，西有客厅，东有药王殿；自此而北约十丈即为有名之雁塔。

雁塔为永徽三年玄奘所造，考此塔初筑五层，砖表土心，效西域（印度）窣堵坡，基四面各一百四十尺，高一百八十尺，立碑载二圣所制《三藏圣教序记》，出褚遂良之笔。中间经过多次之毁损与修理，今所存者为七级方形之塔。就其基层而观，《圣教序记》两碑犹嵌砌壁间，门桄刻石亦为唐物，可知所修理重筑者为上层而非基层也。余觉雁塔门桄石刻画像，甚为珍贵，西门门桄画像为宝殿内释迦说法之相，阴刻线描，庄严流动；而唐代之建筑，可于此中窥其消息。南门门桄刻释迦转法轮之相，东北门门桄被泥土墁涂，不可辨认矣。又南面碑龛室阀石上所刻口衔宝相华之瑞兽，亦曼妙可爱。所惜者，门桄画像被后人题名所铲凿，画面毁损，令人不能审察全画之气势。

出大慈恩寺，驱车赴大兴善寺。此寺初名遵善寺，隋开皇间改名大兴善寺。殿宇破落，蔓草丛生，山门内有天王殿，塑四天王像，奇纵诡异，确为名塑，而其形式乃据密宗法式而塑成也。破殿内本尊三座，胁侍菩萨数座，传为唐塑，余等审视之下，认为所传当非无据。即以胁侍菩萨而论，容止矜持，其眉眼鼻梁嘴角间，存有微妙之表情；服饰华美，与唐代石磙佛像无异，诚杰制之品也。按段成式《京洛寺塔记》"大兴善寺条"云："曼殊堂工塑精妙。"此等塑像或为曼殊堂之旧物，亦未可知。又天王像或亦唐塑，《长安县志》云："唐元和四年，建修转轮藏经阁，太和二年得梵相观音，移大内天王阁，于寺中作大士阁，唐末独二阁存焉。"《京洛寺塔记》同条云："天王阁，长庆中造，今部落鬼神，形象隳坏，惟天王不损。"谓四天王像为长庆中所遗之作品，亦为情理中事。又破殿东首北壁所塑坐像，容相尊严，衣纹流动，裤脚缠扎，形制别致。左

西安兴善寺古塑一

西安兴善寺古塑二

立僧人，右立儒者，仲良拟为道家造像。余相视容相，拟为元朝塑品，因余前在山西所见金元塑物，其容貌恒作此式。

复赴大荐福寺。此为隋炀帝在藩时之旧宅，唐高宗崩后百日，武后于文明元年建为献福寺，天授元年复加崇饰，改名荐福寺。今寺内设苦儿院，旧有建筑大半毁圮，屋宇已有改建为洋式者，遗留之佛像亦已捣毁尽矣。寺内有方形十五级之砖塔，高三百余丈，俗称小雁塔，乃中宗景龙中宫人率钱所立。此塔历宋元明清相继修缮，上二级已颓圮，自顶至基又有裂缝，为状至为奇诡。据塔下《重修荐福寺塔记》，明嘉靖三十四年大地震，塔壁中裂，四十二年又遭地震，裂缝复合。此虽为神话，亦可见此塔工事之坚实也。

入城赴东岳庙，观壁画山水，云为袁江之笔，无从征实。惟东面南首一壁上画二女像，执戈而立，英发妙丽，似为明人之佳制。晚赴省府，与各厅长谈话。旋返寓，约龚贤明先生谈话，即准备明日言旋。

十二月二十三日　上午七时乘公共汽车出发，九时许抵临潼，即赴城南之华清池憩息。华清池即华清宫，在骊山之麓，按《唐书·地理志》："昭应县有宫，在骊山下，贞观十八年置，咸亨二年始名温泉宫，天宝六年更名华清宫；治汤井为池，环山列宫室，又筑罗城，置百司及十宅。"在记载与诗歌之中，恒令人想象华清池宫阙之壮丽，遗事之艳美，故吾人

华清宫一角

华清池之一

华清池之二

至此，对苍凉之景色，不禁起思古之情。余等浴于温泉，觉舒适万状，知昔日之沉湎享乐于此者非无因也。饭后仲良约余往观秦始皇陵，余觉体乏，请其独往，余则酣睡于浴室。下午四时许，仲良返浴室告余，始皇陵在骊山北麓，去华清池东约五六里，至兴义庄，即见古代陶片，知此地为古建筑之遗址。陵之面积甚大，周约千余步。按《两京道里记》："陵高一千二百四十尺，内院周五里，外院周十一里。"当时规模，确甚伟大。陵上有古代之砖瓦碎片，类皆宽厚粗笨，恐即秦时遗物。仲良言次即出数块作证。相与谛视，确为汉陵上所未见者，余始悔不同行也。在浴室中憩息殊无聊，乃托人搜集碑版拓本，多明清题咏之石刻，惟灵泉观中之魏温泉颂碑，差足珍异。余等为消磨时间，一浴再浴，大有过屠门大嚼之概。至夜十时，收拾行李，此间离车站尚有十里，深夜无车，即雇挑夫肩行李，徒步而往。将抵车站，回望骊山，双峰并峙，夜色黯淡，往昔妖艳之历史，长埋山麓。余等上车，在黑暗之车厢中守候，十二点三十分开车，便裹衾入睡。

十二月二十四日　上午抵潼关，换车东行。

十二月二十五日　上午八时抵徐州，至中国旅行社早餐，复上车，晤余上沅先生，在车厢中杂谈以破岑寂。下午九时抵浦口，渡江，偕仲良共返余寓。进膳后，商量报告及提案等事，各将担任之起草项目开列后作别。计余等自月之五日出

骊山远望

发，二十五日返京，共耗二十一日，于役数千里，白日工作，晚间乘车，昕夕劳顿，几无片刻喘息之暇。然每至一处，观先民制作之伟大，造物变化之玄奇，未尝不低徊神往，鼓舞欣欢也。

慈恩寺全景

慈恩寺内石碑

大雁塔

小雁塔

访查云冈石窟略记

民国二十四年五月下旬，余因事往北平，中央古物保管委员会适接受梁思成先生之建议，行将筹款修缮云冈石窟；主席委员傅沐波先生嘱余绕道赴云冈一行，略观石窟雕像之现状，以为日后讨论时之参考。余抵平后寓北海团城中央古物保管委员会北平办事处，处内王述人先生曾屡赴云冈，对彼地情形甚为稔熟，乃邀其同往游览。兹本印象所得并略稽图籍，漫为一文，聊当备忘。

一 石窟之来源

云冈在大同城之西三十里。大同为古之平城，北魏建都于此，自道武帝至孝文帝南迁洛阳，历九十余年，为佛教之名域。云冈位于武州川西岸，旧名武州塞，又名武周山。山岩砂石为体，东西绵亘十余里；断崖为壁，气势幽迴。古人择此山兴凿石窟，殆亦以自然之胜概适于作宏伟之装点也。《魏书》卷一百十四《释老志》云：

> 太安初，有师子国胡沙门、邪奢、遗多、浮陁、难提等五人，奉佛像三到京都，皆云备历西域诸国，见佛影迹及肉髻，外国诸王相承，咸遣工匠摹写其容，莫能及难提所造者。去十余步视之炳然，转近转微。又沙勒胡沙门赴京师致佛钵并画像迹。和平初师贤卒，昙曜代之，更名沙门统。初昙曜以复佛法之明年，自中山被命赴京，值帝出，见于路，御马前衔曜衣，时以为马识善人。帝后奉以师礼。昙曜白帝，于京城西武州塞，凿岩壁，开窟五所，镌建佛像各一，高者七十尺，次六十尺，雕饰奇伟，冠于一世。

此段史文可使我人明了云冈开窟前后之情形，至为重要。兹将其包含之史事按其顺序而引申。昙曜之活动尚在灭法以前，《释老志》云：“先是沙门昙曜有操尚，又为恭宗所知礼。”太平真君七年灭法，灭法之后沙门多以余能自效，还俗求见（《释老志》）。而昙曜则不然，曜誓欲守死，恭宗亲加劝喻，至于再三，不得已乃止；密持法服器物，不暂离身，闻者叹重之（前引书）。高宗兴安元年复佛法，明年，昙曜见帝，得帝眷宠。兴光元年敕有司于五级大寺内，为太祖已下五帝铸释迦立像五，各长一丈六尺，都用赤金二万五千斤（前引书）。太安初外国沙门畀入西域之佛教艺术品，一时颇博赞美，激起模仿外国作风，亦为可能的事。和平初，师贤卒。师贤本为京师名僧，灭法时假为医术还俗，而守道不改，复法后仍为道人统（前引书）。师贤既卒，昙曜代之，更名沙门统。文内“帝后奉以师礼”，殆即指任命昙曜为沙门统也。昙曜既为沙门统，乃白于帝，就武州山凿窟五所。按史文推测，云冈石窟之开凿，以和平初年最为合理。许多人以为开凿于复法之明年，即兴安二年，此殆未深味史文而遽作断案也。

云冈开凿石窟后，又兴建佛寺，为状甚盛。寺名之可考者曰灵岩，《水经注》“漯水”条云：“武州川水又东南流，水侧有石祇洹舍，并诸窟室，比丘尼所居也。其水又东转，迳灵岩南，凿石开山，因岩结构，真容巨壮，世法所希，山堂水殿，

云冈石窟石佛寺

烟寺相望，林渊锦镜，缀目新眺。”又有通乐，释道宣《续高僧传》卷一“昙曜传”条云：“释昙曜，未详何许人也；少出家，摄行坚贞，风鉴闲约。以元魏和平年任北台昭元统，绥辑僧众，妙得其心。住恒安石窟通乐寺，即魏帝之所造也。去恒安西北三十里，武州山谷北面石崖，就而镌之，名曰灵岩。龛之大者，举高二十余丈，可受三千许人。面别镌像，穷诸巧丽；龛别异状，骇动人神。栉比相连，三十余里。东头僧寺，恒供千人。碑碣见存，未卒陈委。”惟通乐寺是否在云冈，颇成问

云冈石窟大佛近景

题。此两段记载昭示当时盛况，大抵于石窟前构造宏大之殿宇，可容三千人礼拜；东部一寺院恒供千人，风景幽美，爽人心目。沿武州川岸三十余里，皆被囊括为佛教圣域。此种盛况自非一蹴而至，必历数代之建置而然也。昙曜于和平初为沙门统，承明元年时尚积极活动。《释老志》云："又尚书令高肇奏言，谨案故沙门统昙曜，昔于承明元年奏凉州军户赵苟子等二百家为僧祇户。"自和平初至承元初约为十七年，昙曜以全力经营，已予此圣域以不拔之基础。显祖高祖屡幸武周山石窟寺（见《魏书·帝纪》），而石窟为之而增益，寺院为之而崇饰，尤为意中之事。今考北魏碑碣，太和年者四，延昌年者一，其内容约述如下：

> 太和七年碑——邑畿信士女等五十四人，敬造石庙形像九十五区及诸菩萨。
>
> 太和十三年碑——比丘尼惠定发愿造多宝弥勒像三区。
>
> 太和十九年碑二处，内容未详。
>
> 延昌九年碑——恒安……都统……造弥勒第七佛。

又郑振铎先生见“大茹茹……”一碑（见平绥路局印行《西北胜迹》三〇页），合为六种，可使吾人明悉自昙曜开凿之后，帝室之兴建自不待言，民众、僧侣、官吏、外国人，亦群起添凿。嘉庆《一统志》卷一百四十六引《山西通志》云：“石窟十寺，在大同府治西三十里，元魏建，始神瑞，终正光（盖为约数），历百年而工始完。其寺一同升，二灵光，三镇国，四护国，五崇福，六童子，七能仁，八华严，九天宫，十兜率。内有元载所修石佛十二龛。”聚广大民众之力，亘时间一世纪之久，始成此庄严宏丽之观。惟十寺之中通乐灵岩不与，则《山西通志》所述必为唐以后之情形也。此十寺至清初只存其一，朱彝尊《曝书亭集》卷六十七《云冈石佛记》云：“云冈之寺有十，建自托跋氏，今之存者，特其一耳。”逮清代亦屡加修理，

云冈第六石窟浮雕之邂逅病人图

云冈第六石窟浮雕之后宫宴乐图

云冈第九至第十三窟外景

详见寺内顺治、康熙、乾隆、咸丰、同治、光绪诸种碑记。吾人今日履其地，第见一片荒凉寥寂之古丘，颇恨前代之隆盛与武周川水同逝，及摩挲几乎一千五百年前先民遗留之制作，又以为不幸中之欣幸。

二 石窟概述

以前有一时期，阅沙畹、关野与常盘、大村西崖、木下与木村等关于云冈之著述与图谱，所记洞窟号码及名称，每觉人各一说，对照颇费工夫。此次游览，随手携梁思成等之《云冈石窟中所表现的北魏建筑》，平绥路局之《西北胜迹》及常盘、关野之《中国佛教史迹》第二集，实地比照，而以目见之石窟，列为次序。又以地势之自然段落，亦依向例分为东中西三部，兹自东而西约述如下：

东部 自第一至第七石窟：

第一石窟 在石碑"左云交界处"之东首，窟高不足一丈，基地略作方形。中坐一佛，面部剥落，身躯及衣纹尚存流利之迹。其余皆为断石，隐于泥土柴草之间；壁面亦甚毁损，莫辨往时之雕饰矣。

第二石窟 自第一石窟往西，越一小涧，由斜坡而下，岩壁上隐约有若干小龛刻像，其右即为第二石窟。窟形与第一石窟相仿佛，内有立像二尊，破损不堪细视，但觉石形奇古而已。窟中泥土壅塞，腥秽之气逼人。

第三石窟 此窟即后世名为石鼓洞之一窟，前为"左云交

云冈第三石窟东佛胁侍像

云冈第三石窟左胁侍菩萨半身像

界处”石碑，窟高约丈余，窟基略作方形，惟前面较狭。正中为一石塔，塔分二层，四方形，上与顶接。塔之二层四面皆刻佛龛，中作多宝佛趺坐。窟之后壁刻三大佛龛，左右壁下层刻佛传图浮雕，颇多损坏。入口左右壁分刻维摩、文殊二佛；四壁上部罗列佛龛甚多，达于天面，惜皆漫漶，然当日之富丽犹可令人想见也。洞外左壁有明人朱廷翰题壁石刻，字迹壮伟可观。

第四石窟　此窟亦名寒泉洞。窟形稍作长方，较第三石窟略略高大。正中为一座三层石塔，塔亦方形，四面各作三佛龛，上接窟顶。四壁雕饰与前窟略同，而毁损情形亦如之。洞口刻“云深处”三字，亦后人所为也。其西首有一小窟，窟中无佛像及雕饰，标曰“碧霞宫”，朱漆剥落，亦后世所题。

第五石窟　此窟为灵岩寺洞，传为昙曜译经台遗址。按《释老志》云：“昙曜又与天竺沙门常那耶舍等译出新经十四部。”又唐靖迈《古今译经图记》卷三云：“沙门吉迦夜……为僧统昙曜译《杂宝藏经》等五部，合二十五卷，刘孝标笔授。”则此译经台之遗址，亦为珍异之史迹也。窟甚宽大，规模闳伟，于高十余丈之岩壁上，雕凿三层佛像为前间，前面开左右二门，内设大佛二躯，东佛似未完成，二者皆已破损。自右方进入内窟又为一窟，盖当时分一窟为前后二间也。窟广约十丈，西面刻三大佛：本尊椅像，左右胁侍菩萨。面容丰厚，颈

云冈第八石窟浮雕昆纽天像

间有横纹三道，各戴宝冠，垂耳饰；姿势温存，衣纹粗褶甚流利。此等佛像或谓隋时作品，其年代颇成问题。

第六石窟　此为第五窟西首之小窟，广约二丈半，深约一丈半，略作方形。后壁刻二龛，左右壁各作一龛，皆雕三尊佛，诸像头部全毁。壁面原作千体佛，残蚀不堪。天面作棋盘，尚可认莲花与飞天浮雕之残迹。据其形制残像而观，必为北魏之制作也。

第七石窟　此窟较第六窟更小，方不及一丈，后壁及左右两壁各作佛龛，容像残毁。天面中央方格内作莲花，周围配以飞天，亦零落几至不可辨认。

中部　以今日之云冈别墅为界，自第八至第十六石窟：

第八石窟　此在石佛寺境内之东首，名阿弥陀佛洞。窟前架有四层高楼，其基面略作椭圆形，广约八丈，深约六丈，其宏伟之规模，令人赞叹。中凿本尊释迦如来坐像，高约五丈有半，盖为全山中之巨像；容貌经后世修饰，犹不失端严气度，肢体间具均衡之美。左右胁侍两像，各高约二丈，惟下部沉埋，不能见其全形，且亦经后无数修饰，殊失真相。壁面分七层，各层皆刻佛龛，龛内一佛或二佛不等，借多残损。窟口作拱形，左右刻金刚力士，其上刻树下二坐佛，拱顶刻莲花及四飞天，亦甚残缺。

第九石窟　此窟前面亦起四层楼，名释迦佛洞，广约四丈半，深约六丈，略如长方形。中央有巨大之方柱，分两层，每层四面各刻佛龛。下层南面作坐像高约八尺，东面作交脚像高约一丈，北面二佛并坐，高约八尺，西面椅像高约一丈；而佛龛内外多作罗汉、菩萨、化佛、飞天等为之点缀，富丽无匹。上层四面各雕立像，其保存较下层为完好。北壁分二层，下层作一大龛，中作释迦坐像，高约一丈三尺，左右立佛，高亦如之；上层作三佛龛，雕像毁损特甚。左右及入口诸壁面，概分三层：上层刻佛传图，中层刻飞天、化佛等，下层刻菩萨、供养等，装饰华美，五光十色，令人应接不暇。天面作藻井，棂格内作浮雕，惜不易审辨其形状已。

第十石窟　此窟斫凿岩壁，前建三层楼，额曰“西来第一山”。窟作长方形，广约三丈，深约二丈，高凡三丈。北壁分二层，下层中央作二佛并坐之巨龛，左右似各作小佛龛，今皆损坏矣；上层作一巨龛，内列三佛，中央作交脚像，左右各作椅像。左右壁分四层，各作二佛龛。入口前壁内亦分四层，各作一佛龛。龛内皆安坐像，龛首或作莲花拱，或作裤腰拱，率以飞天化佛为饰。天面棋盘形，格内作莲花，周围作飞天等浮雕。壁面惟右面雕饰保存尚佳，余皆残损。入口上端刻飞天菩萨，气势浑雄，想见当日经营之惨淡也。

第十一窟　此窟名佛籁洞，其形制大小，与前窟略同，惟窟前层楼早毁。后壁分二层，下层中央作大龛，本尊一座系后世所修补，左右胁侍已毁。上层通壁凿巨龛，刻像三尊，亦被后世所涂饰。入口作拱形，左右缘侧各分二层。下层各刻金刚力士，左存头部，右留残影。左上刻湿婆天像，三面八臂，骑牛；右上刻毗纽天像，五面六臂，骑金翅鸟。此二像犹完好，姿态诡异，动势自在，表出暧昧陶醉之神情，盖被中印度艺术之影响而然也。更上刻飞天，拱顶作莲花。入口上部壁面，亦有富丽之雕饰，然大半毁损矣。天面棋盘形，格子中刻莲花、飞天等，亦呈瑰异之观。

第十二石窟　此窟名释迦洞或名阿闪佛洞。窟分前后二间，后间方约三丈半，中央置释迦椅像，高及二丈，为后世修补，殊无足观。左右壁之胁侍亦然。壁面佛龛甚多，略存数菩萨外，余皆残毁。天面莲花，中作垂帐式，又刻飞天，形甚富丽。后壁左右二端，各有洞道，其中佛像无一存者。前间广约三丈半，深约丈余，前有八角柱二座，各面刻小佛龛，华美绝伦。前间与后间之通道入口处，又满作各种纹饰，令人俯仰环观，目为之眩。左右壁分二层，下层作二佛龛，盛饰周缘；上层宫室，中作交脚佛像，左右菩萨佛像，亦华饰不能毕述。天面前后二力士承梁，又作莲花飞天浮雕，技法圆润，颇饶别致。

第十三石窟　此窟名持钵佛洞，形制与前窟略同，惟面积较大而已。后间中央方座上刻释迦、左右胁侍，皆系后世修补。前面入口二巨柱及左右壁上部，犹存旧刻。前间与后间通道入口，雕饰之华美，亦如前窟，惟涂饰更甚，已失真相。前间之雕饰结构亦与前窟相似，具证两窟建于同时也。

第十四石窟　此窟亦名接引佛洞。窟基稍作方形，广约三丈余，惟自后至前渐狭小，故后壁较前壁为宽，深亦三丈余。中央作十字形之巨柱，四面各刻高丈余之立像及左右菩萨，气象闳伟，立像之上又为一局面，四面各作佛龛，前面作三佛，余三面各作二佛。更上则为希腊哥林多式之柱头，承住天面，可称奇观。各壁面本有千体佛密布其间，极尽华丽，惜皆漫漶，所修补者，已不足观。东壁上部有太和七年之石刻，为凿窟年代之要证，亦云冈最早之碑刻也。天面分为四方，各作双龙交舞，两首相对，中部交尾部分，形制诡丽，生动异常。由此窟全部而观，亦可谓全山美制之一。

第十五石窟　此窟名椅像洞，亦分前后两间，后间宽约二丈，深约一丈五。本尊为丈余高台上椅像，左右四菩萨，其二骑狮；台之中央亦作一佛龛；诸像皆涂饰恶俗。四壁各分二层，刻佛龛并菩萨像甚多，颇呈富丽之象。入口处横楣作双龙，身尾交而头两向；左右作仁王像，已略损毁。前间广约二丈半，深约一丈半，前有二柱，有希腊式之柱础。左右壁而各分两层，左壁多毁，右壁稍存。下层作佛龛，旁作山岳人物，甚奇诡；上层作佛殿，殿柱柱头亦为希腊式，雕饰华美，令人惊叹。天面作合唱天人队，藻井方格，格内莲花，格缘飞天，浮雕隐显，极尽变化之能事。

第十六石窟　此窟名弥勒洞，广约三丈半，深约二丈半，后壁两端有洞道。内作大弥勒，像高约十丈，倚于方座，两脚交叉，宝冠上接天顶，伟大而不失均衡之美，惜涂饰修补，难认真相而已。诸壁亦多涂饰，前壁刻丈高之七佛，余壁亦作大小佛龛及千体佛，壮丽瑰玮，令人惊叹。天面作双蟠龙及忍冬花纹样浮雕，亦呈异美。入口左右，下各作仁王像，上各刻佛龛，皆已剥落不可辨认。

西部　自第十七至二十四石窟：

第十七石窟　此窟名千佛柱洞，亦前后二间，后间广约二丈，深约一丈，后壁全溃，左右壁佛龛亦存于隐约间耳。前有方柱，四面刻千体佛，亦甚毁损。前间左右两壁，分层作佛龛，左毁，右略存，右壁略分七层，三、四、五诸层之佛像虽有可认之处，然已甚微。

第十八石窟　此窟名千佛洞。窟基略作方形，广袤不及二丈。后壁中作二佛龛，其上又作一佛龛，雕像皆毁。左右两壁，下各作二佛龛，上各作一佛龛，诸壁面又作千体佛密布，惜皆残毁。天面中作莲花，周围作蟠龙，颇饶雅丽。

第十九石窟　此窟名立佛洞，原以泥壁封堵，雇工拆壁入视，平面带椭圆形，东西径约四丈。南北径约三丈。后壁

云冈第二十石窟释迦及左胁侍像

第二十窟释迦袈裟细部

第二十窟释迦大佛全身及面部像

第二十窟释迦大佛背光细部

刻莲座立像，高约四丈，下部残损。诸壁面刻大小佛龛，上部作千体佛，并皆损坏，天面亦然。

第二十石窟　此窟名弥勒三尊洞，形制与前窟相似，东西径约三丈半，南北径约二丈半。本尊为方座上弥勒椅像，宝冠高接天面；其高凡四丈半，雄丽绝伦。左右各刻佛龛，置胁侍菩萨像。左为坐像，右为立像，衣纹贴附肉体，流利合度。诸壁面腰部刻大小佛龛，上部作千体佛而及于天面；主部单纯，配合复杂，诚美制也。

第二十一石窟　此窟名立三佛洞。窟形亦作椭圆，东西南北径之长度，与前窟略同。中作本尊立像，下置莲花座，高约四丈半。左右胁侍立佛，下亦置莲花座，高各二丈半。本尊与胁侍立像中间，又各有胁侍菩萨立像，各高二丈余，下亦各置莲花座。诸立像，眉线深陷，眼无瞳珠，面带笑容，宛如希腊石雕，惜毁损甚多；而规模之伟，于此可见。本尊相貌端严，丰颊重颐，颈间作横线纹，盖有中印度风格之遗意。衣褶间刻小佛，为他处所罕见；或后世所增益也。胁侍立佛及菩萨，通肩披袈裟，容貌衣纹之美曼，固与本尊相匹配也。诸像雄豪英卓之姿，足以摄人魂魄，相视既久，又觉温穆易亲，苟非出自名手，曷克臻此妙致。诸壁面多作佛龛，又密列千体佛；天面穹状，亦雕菩萨及千体佛为点缀。

第二十二石窟　此窟名大佛三洞，原为一窟而分成三局面，安置本尊者为中局，安置左右胁侍像者为左局、右局。中局基形椭圆，东西径六丈余，南北径三丈半。内作大坐像，高约四丈半，面轮略长，惜被斫去颐部，躯体亦毁，仅存胸部，入口前壁之上部，刻丈余之菩萨立像二尊。诸壁面作千体佛。左局基面亦稍作椭圆形，横二丈半，深约一丈半。本尊为高二丈半之椅像，左右胁侍立像，各高一丈半。四壁刻背光外，又作千体佛；前壁多作小龛小像。右局之形制略如左局。本尊为高二丈余之椅像，背光火焰内刻天人供养。左右作胁侍菩萨，右胁侍已全毁。诸壁作小佛龛及千体佛。此窟所遗存之佛像，类皆容貌端好，衣纹温贴肉体，褶襞劲遒，颇呈示技法之圆润。

第二十三石窟　此窟名大露佛，窟顶崩落，大佛露坐，故名。中作本尊释迦坐像，本尊膝以下埋没，自膝至顶约三丈半；面轮丰圆重颐，眉眼长扫，鼻梁自眉间下垂而渐高，口唇柔润，双耳垂肩，豪迈英妙，神采奕奕；衣饰披于左肩，微裸右胸，坚劲之纹，盘旋于魁伟之躯体，现示特异之蛮风。背光重层，作莲花、化佛、菩萨、炎焰，特著巧异。左胁侍立像，膝以下亦埋没，自膝以上高约二丈，容相与本尊略同；衣饰披两肩，细褶下垂，湿薄而如透肢体。背光与本尊略同。此二像受中印度之影响甚著。右胁侍立像全毁，无迹可考。

自第十九石窟至二十三石窟　常盘与关野定为云冈最初

云冈第十九窟左洞细部之一

云冈第十九窟左洞细部之二

之石窟，即昙曜所凿之五所也；梁思永等又以窟基平面之配置自成系统，认为此五窟，当系最初凿物。二说皆可信也。自此以西有若干洞窟及多数小龛，残毁过甚，无复遗物之存留矣。

第二十四石窟　此窟在西部末端，名塔洞。窟作方形，广袤约二丈半。中作五层方塔，初层面广约六尺半，下有基坛，已毁。各层每面分五间，每间作龛，中刻佛像。自下而上，每层缩小，均衡而华美。此塔盖与东部第三、第四两窟中之雕塔迥异也。窟内诸壁刻千体佛，前壁列小佛龛。天面棋格，格中配刻天部像、莲花、蟠龙等，颇觉诡丽。入口作莲花拱，拱轮内又作忍冬花纹样之浮雕，亦雄浑可爱。

云冈石窟之雕刻，经千余年自然与人为之摧毁，其损失不可以数计。今所遗存，虽曰满眼残缺，而工丽繁复仍为盖世之巨观。完好者固为珍贵史料，而残毁者亦颇耐人寻味。一窟固为一大宝藏，而一壁一龛乃至一佛一纹饰，无往而非宝藏。苟非以较长时期消耗于每一窟中，甚难领会其制作之精萃。余自憾时间不多，未能作精细之研讨，而所记诸窟情形，更为粗略，愿他日再莅，重加探查。

三　石窟之艺术

中国最早之石窟，当为敦煌鸣沙山之莫高窟，创于秦苻坚建元二年，即晋兴宁三年也。敦煌石窟与云冈石窟有何交涉，以吾人现有知识，实未易言。其次为北凉沮渠、蒙逊、义和间所造凉州三危山石窟，适当北魏延和初年。此凉州石窟与北魏似有交涉之线索。《魏书·世祖》记，太延五年六月帝西讨沮渠牧犍，十月徙凉州民三万家于京师。又《释老志》云："凉州自张轨后，世信佛教，敦煌地接西域，道俗交得，其旧式村坞相属，多有塔寺。太延中凉州平，徙其国人于京邑，沙门佛事皆俱东，象教弥增矣。"昙曜前任师贤本来自凉州，《释老志》云："京师沙门师贤本罽宾国王种人，少入道，东游凉城，凉平赴京。"则凉州石窟之事，由东徙之僧人及信佛民众，宣传于魏京，亦意中事也。即谓昙曜之兴建之云冈石窟，由东徙之凉人所激动，亦不勉强。凉州三危山在敦煌鸣沙山之东，两地交通频繁，若谓凉州石窟模仿敦煌，则云冈石窟不但与凉州有瓜葛，亦且与敦煌有渊源也。据法人伯希和报告，鸣沙山千佛岩群窟中可认为北凉时代所凿者为一〇三窟、一一一窟、一二〇窟之 N 号及一三五窟。此等石窟四壁雕佛

云冈石窟雕刻细节之一

云冈石窟雕刻细节之二

龛佛像，或中央作方形巨柱，亦四面凿龛作佛。龛与像俱施以彩绘，又作壁画及于天面，画材或为伏羲女娲，或为雷神龙凤，或为六玉所饰之璎珞，盖含有汉以来之传统结构也。据梁思成等之推测，敦煌石窟之形与新疆石窟似属于同一系统，云冈中部方形与长方形诸窟，受敦煌与西域之影响较多；而昙曜所凿最早之五窟，反与敦煌西域之窟形异致，是又令人难以索解。吾人关于凉州三危山石窟之知识绝无，昙曜所凿椭圆形之五窟，既非仿自敦煌与西域，则是否仿于凉州，又不敢言，惟有俟将来之发见以证明焉。

云冈全山诸石窟，非一时期所建。《山西通志》谓历百年而完成；今吾人所知，自十九窟至二十三窟，即昙曜五窟，建于和平初年，为最早之石窟。第十四石窟有“太和七年”及“太和十九年”之铭刻，第十石窟有“太和十三年”之铭刻，此一带之石窟殆皆成于太和年间；第二十四石窟有“太和十九年”及其东侧小洞有“延昌九年”之铭刻，则此一带之石窟为期又后；延昌以后，无石刻年代可稽，由其凿造及雕刻而言，东部诸窟为期当更后。然同一洞窟亦非一时期所成，如第十四窟，太和七年有铭，太和十九年又有铭。可知当时开凿一窟必先成大佛，及雕饰之主要部分，而壁面之龛像与密布之雕饰，为后来逐年所增益者，故详稽时代先后，在未作精密调查之前，甚不易易。吾人每入一窟，觉大像雕刻不免呆板幼稚，小像则灵活可爱；余以为此即含有时代之不同，初非全因手法上大像难而小像易也。

云冈雕刻为中国美术史上划时期之作品，容纳外来风格，突破传统艺术，排布伟大之宗教艺术之初幕，凡涉览历史者类能道之。今考北朝造像，前乎云冈者，余曾见太平真君元年高尺许之石造坐佛照片。此物为端方旧藏，铭曰“太平真君元年九月廿□□造□□朱雄造此像，匠海州人路定造”，面圆耳长，衣纹贴附肉体，含有浓厚之中印度气息。云冈昙曜五窟之佛像亦多类此，可知中印度之作风被于北魏，由来已旧。中印度作风之输入，与狮子国（锡兰）僧人之来华、法显之旅行皆有密切关系；而太安初狮子国僧难提所造佛像，尤予北魏人士以刺戟，北魏初期造像盛行中印度式，必有多少粉本，其来源或即由此。五窟之外被有中印度气息最显著者，厥为第十一窟门拱缘侧之浮雕湿婆天神与毗纽天怪像。中国雕刻上充满暧昧而漠然之宗教热情，以圆熟之深度浮雕手法，表现袒裸之人体姿势，此作当为最初而最伟大之代表。此外犍陀罗风格亦随处可检查。今考第九窟佛传图浮雕，内悉达太子弓技图、后宫欢乐图、父子谈话图、邂逅老人图、邂逅病人图、邂逅死人图、邂逅沙门图、妇女睡眠图及出家逾城图等作，其结构描写，外来之气氛甚强，且与犍陀罗风格相近。以其中较明晰之后宫欢乐图、妇女睡眠图、邂逅老人图、邂逅病人图、出家逾城图诸作，与犍陀罗之佛传图对比，其中固已渗入不少“中国的”成分，而构图位置与人物体态，实在有犍陀罗之要素可稽。汉代石刻画像，多作车马人物，皆系浅雕，而人马形象古拙呆板，不脱稚气。云冈第九窟佛传图，作骑马像者凡三四景，生动写实已与汉画绝异；且为深二寸之凸雕，谓中国有近乎西方雕刻中之浮雕，始自佛传图及第十一窟拱侧怪像，亦无不可。其他希腊之柱头柱础，印度之飞仙，波斯之双兽形柱头，波斯、希腊之三叶花（忍冬花）纹样等，在雕饰上亦为显著之外来趣味（参考梁思成等之论著）。其中，希腊、波斯之艺术，经西域而传入，南北朝胥受其影响，予衰落之传统艺术以新生命。关于此点东西学者曾作热心之研究，兹不备陈。

云冈窟像之雕镌，或谓有外国技工参加其间，然据吾人想象，此巨大之工程，成于中国人之手也无疑。观其容像之壮严，躯体之魁伟，衣纹之流利，装饰之美曼，非尽依赖外来气息而表现，实以中国北方之迈进精神为骨干，在郁勃之宗教热情中参酌外来情调而为瑰异之吐露，以故光色炳焕，成为一代典型也。云冈艺术在历史上之特点，即为形成独自之艺术时期（Kunstepoche）；对于汉代，已如上述，冲破传统之蒙气而呈示新颖，对于同时代或稍后时期又树立型范。《释老志》云：“景明初，世宗诏大长秋卿白整，准代京灵岩寺石窟，于洛南伊阙山，为高祖文昭皇太后，营石窟二所。”是云冈为龙门之前型，抑已明甚。今考洛阳龙门北魏之造像，大抵面轮较长，眼作纤月形，姿度温雅，已将云冈之生辣气味，净化至端丽柔顺。云冈初期雕刻中第二十二窟之佛像，固亦有启示龙门作风之迹象，然龙门在洛阳之南，其地沾浴悠久之中原文化，据新奇之云冈雕像，剪裁融合以达于尽善尽美，亦风格发展上常有之现象。故云冈虽为龙门之前型，与龙门作品亦复异致。

云岗之石质为沙岩，即无人为之斫毁而仅受风雨侵蚀，崩残亦甚容易。常盘与关野之印本与沙畹比，已觉不如；今日之实状与常盘等之印本比，残毁又甚分明。其尤甚者，厥为风雨无蔽之处，斑烂剥蚀，岌岌不可终日。保护云冈，以设墙垣、避风雨为最要之图，然后严监督，杜绝人为之毁损。再进宜为研究美术史者设想，剥去敷糊于佛头之面具，铲除填补于佛躯残缺处之泥漆，以及刷净涂抹于雕饰上之恶俗色彩。如是云冈雕刻之真相较显，可使人对于云冈艺术有更深之认识。

附　录

霍去病墓上石迹及汉代雕刻之试察

汉代雕刻物中的圆雕（Rundplastik），遗留到今日的为数甚少，而又分散于各地。因此讲到汉代雕刻，许多人因材料的便利，往往侧重于石刻画像的叙述。我以为石刻画像除了近于浮雕的一部分外，其他用线势（Linienfuerung）所统御的浅刻，都可归入绘画的范畴。我们要探究汉代雕刻的全域，仍不能忽略圆雕。于此窃不自量，想对于汉代的圆雕，作一粗率的观察。

先说霍去病墓上的石迹，这怕是现存汉代大雕刻中最古的东西；虽然经二千余年岁月之摧毁，其存留于今日的数量，怕也比任何汉代古墓为多。二十年前色伽兰（V.Segalen），十年前拉底克（J.Lartigue）和皮孝伯（C.W.Bishop）曾先后去访问，并著文叙述[①]。上个月我到陕西，特地往兴平上霍去病墓

① 参照色伽兰：《中国西部考古记》（冯承钧译）等著；J. Lartigue:Au tombeau de Houo K'iu-ping. *Artibus Asiae*. 1927, No. Ⅱ;C. W.Bishop: Notice on the Tomb of Ho Ch'u-ping. 同杂志，1928 No. Ⅰ J.C. Ferguson: Tomb of Ho Ch'u-Ping. *Artibus Asiae*, Vol. 3, No. 4.P.228–232.1929。

盘桓了半天。此地近一二年来经西京筹备委员会的经营，把所存的石迹略略整理了一次，但我所看见的和上述诸人的所见无所差异，不过石迹的位置与以前有些不同罢了。现在把几个石迹作一简单的叙述。

石马三匹：其一所谓足践匈奴之马，正是色伽兰所记的："马无鞍辔，身重蹄短，尾长垂地，腹抵一人于其下。其人以膝抵马腹，趾接马尾，左手持弓，右手以短矛刺于马胁之中，其头甚巨而后仰，眼大而圆，额低耳巨，其乱须蓬接马胸，一见而知非中国人，而为夷狄。此马与人猛勇镇定之状，除完全型范之外，殆难仿造。"[①] 此间成为问题的，就是马腹下的那个人究竟属何人种？据皮孝伯的观察，其容貌不类蒙古人，以其颧骨较高，似乎带有斯鸠提（塞种）人（Scythian）的型式[②]。这个问题恐怕还要靠将来有些连带的发现来决定。其他两匹马，为便利起见定为甲号马和乙号马。甲号马伏着的姿势，肢体雄伟；乙号马是跃着的姿势，上部为马形，下部为整石上所施的浮雕。这两匹马的顽野之状和足践胡人马的驯服之状，显然是两个趋向的。就其马头观察，三匹各有些不同，然皆为汉代雕刻马匹的流行风尚；我们看了汉代明器上的马

① 参看冯译色伽兰《中国西部考古记》四和五面。

② 参看Bishop前引文。

霍去病墓上之足践匈奴马（左）
霍去病墓上之（甲）号石马（右）

头，可为明证[①]。石虎一头伏着，姿势勇猛，然雕法浑朴而不甚明显，其技巧分明地远逊于诸石马。石猩猩一座，两眼睁着，鼻子甚大，口宽，土人呼为石猴，然不类猴子。这是在整石所施简略的浮雕，所以要认明为某种物象，很不容易。以上诸物现存于墓前，排列在墓的左右。在坟山的山坳上有水牛一头伏着，其刻法正类甲号马。还有整石上简雕的一头野牛，两角修长而盘曲，鼻子已略残破，在颈项间攫住一小兽。这小兽为何物，也不易辨出。土人呼此牛为石龙，然我审视良

① O. Burchard: Chinesische Kleinplastik六、七、八各图版，Orbis Pictus Bd. 12 Berlin。

霍去病墓上之（乙）号石马（左）
霍去病墓上之石牛（右）

久，定为野牛。山顶上有一对石鱼，有规则地刻着鱼头，其余部分似为建筑的附属物。我疑这一对鱼是石鲸，按《三辅黄图》引《三辅故事》说："（昆明）池中有豫章台及石鲸，刻石为鲸，长三丈。"又引《关辅记》说："建章宫北有（太液）池，以象北海，刻石为鲸，长三丈。"不过，这一对鱼只有三四尺长，或不是鲸；然刻石为鱼盛行于汉代，于此可知。墓后庭院中有两个奇怪的雕物，东面是野人攫获野猪而作咬啮之像，野人长臂阔掌抱住野猪，用其獠牙作咬啮猪的鼻端而欲吞啖之状；人和兽的搏斗间，有一种紧张之势表出。可惜石物横眠在地上，初看时，只觉一整石上的浮雕，除面部手臂外，不甚辨得明白。拉底克的文章里附着一幅明晰的勾描图，很可

霍去病墓山顶之石鱼（左）
霍去病墓上之野猪（右）

帮助对此石物之理解[①]。土人呼此物为熊，是亦附会。西面是一头野猪，亦从整石上施以浮雕，然形状已具，其刻法和猩猩及野人啮猪像又复不同。土人名此物为石鼠，似有一部分相像处。然我觉得刻一鼠儿，何必要四尺的长度，所以还是定它为野猪来得适当些。到现在为止，墓上所出现的石物，总共十一件。按，《汉书》卷五十五《卫青霍去病传》说："去病……元狩六年（前 117）薨。上悼之，发属国玄甲军，陈自长安至茂陵，为冢像祁连山。"颜师古注："（冢）在茂陵旁，冢上有竖石，冢前有石人马者是也。"此"石人马"三字必系指独立的石人和石马，《史记》列传五十一《索隐》云："姚氏案：

① 参看Lartigue前引文。

（霍）冢在茂陵东北，冢上有（竖）石，前有石马相对，又有石人也。”则石人一项尚未发现，或早已毁去了。此十一件石刻物经二千余年自然和人力的摧残，恐怕为在一群雕刻物中所仅存的若干件。

这些石物虽说是汉代最古的雕刻，然坟墓上有石刻不始于此时；《水经注》卷二十四“瓠子河”条：“中山夫人祠南有仲山甫冢，冢西有石庙，羊虎倾低，破碎略尽。”仲山甫是周宣王时人，那么在周代墓上已有石刻物的存在。《西京杂记》丙卷五“柞宫”条：“西有青梧观，观前有三梧树，树下有石麒麟二枚，其胁有文字，是秦始皇骊山陵上物也。”又壬卷“金石感偏”条：“见张丞相（张良）墓前石马，谓为鹿也，即以斧挝之，斧缺柯折，石马不伤。”是秦和汉初的陵墓，也都有石刻物之装点。所以封演《封氏闻见记》卷六说：“秦汉以来，帝王陵前，有石麒麟、石辟邪、石象、石马之属，人臣墓前有石羊、石虎、石人、石柱之属，皆所以表饰坟垄，如生前之仪卫耳。”周秦汉初的墓上石物，虽无存留于今日，但从这里可以明白：霍去病墓上的石迹不是突然产生的，是经过若干层次的发展而有此形式的。于此有一问题，就是霍去病墓上的石迹，已分明地显出外来的影响了。所谓外来影响可分两层说，其一是用为石刻对象的野兽不是中国固有的野兽，例如马和水牛等，就其形状，都来自中亚细亚或西亚细亚，因此雕刻的风尚也和中亚细亚的习惯有共通之点。尤其是跪着或伏着的野兽雕刻，宛如斯鸠提（塞种）——西伯利亚（Scytho Siberian）区域，称为“加孟雅贝北”（Kámennya Báby）山上的石物。此种动物艺术的形式，固为南西伯利亚及塞种的，然更古则为美索不达米亚的风格[①]。关于这一点，大体上我们可以同意的，因为在当时确有以外来野兽为雕刻对象的。《三辅黄图》“金马门”条：“武帝得大宛马，以铜铸像，立于四门，因以为名。”其二是外国艺术品的作风影响于霍墓石迹，此点亨采（C.Hentze）曾把巴比伦那波旭陀奴索（Nabuchodonosor）时代（前 604—561）“巴沙尔德狮像”（Lion en Basalte）（按，狮腹下一人，以右臂抵狮胸，左手加于狮之鼻端），和霍墓足践胡人马像对比，以为霍墓石马全部的外观及其部分的固定形制，使人理会各种因素皆起源于巴比伦[②]。然而细想起来，其时间和空间隔离得这么遥远，如何会联结得起？即使有渊源的关联，而其间层次和细节又何若？这都是应该要考虑到的。学问所贵乎平实，在证物未充分以前，急于要找寻

---

① 参看Bishop前引文及E.H. Minns: Scythians and Greeks P. 239. Cambridge 1913。

② 参看 C. Hentze:Les influences etrangeres dans le monument de Houo-K'iu-Ping. *Artibus Asiae*.1925,No. Ⅰ;及 R. Koldewey: Das Wiedererstandene Babylon Leipzig 1913。

连带关系（Zusammenhang），亦为过当，拉底克看了霍墓上的雕刻，以为其动物表现形式，和晚期旧石器时代的（Upper Palaeolithic）艺术中有同样的趋向，但他又断定其间无所联关[①]。对于巴比伦狮像和霍墓马像的关系，在现在程度，我们只得也作如是想。

霍墓石迹，依其雕刻的技巧而论，可分为三类。第一类为足践胡人的马、甲号马及水牛，都是比较完成的大雕刻；尤其足践胡人的马，腰间骨骼纹隐隐可指，在技术上经过人工的调制。第二类为乙号马、虎、野牛、猩猩、野猪及野人啮猪像，同为在整石上施以浮雕，大似未完成作品。这里细察起来，乙号马、野猪及虎，较为成形的，而野牛和野人啮猪像，其形简略更难辨认，这或者因为他们安放的位置差误了的缘故。第三类为一对石鱼，这是建筑的附属物。据我的意见，这些雕刻和坟墓的形制，定有密切的关系。上面引过《前汉书》的记载，霍去病的坟墓像祁连山，当时用大石块叠成祁连山的形状——由现存的许多大石块上可以想见的。今日坟墓的外形早已失去了原有的状态，例如墓北二十余丈有一小坟，也叫霍去病坟——皮孝伯以为最初这二个坟堆连在一起的，这是很

① 参看Lartigue前引文。

聪明的观察[①]。于此我们明白，墓象祁连山，而墓上的石兽，则必像祁连山上常有的野兽。当时雕刻者就已叠成祁连山的石块上，视其石形便于雕刻何物，即雕成何物。这个推想至少可适用于第二类在整石上但施浮雕的诸石物。此无异由坟墓的形制而予雕刻以一种限制；这个限制又影响于雕刻物的风格。雕刻者顾虑了这些大石块尚须为凑合祁连山的材料，所以又不能不保存整石；石兽大抵作伏着或跪着的姿势，怕也由这个缘故。所以这些石刻物不一定抄袭南西伯利亚或塞种的作风，或由上述的理由而生出的结果。

在整石上施少许的技巧而雕成某一物象，除去霍墓特有的条件而从另一方面观察，则为雕刻初期发达时必然的现象。此种雕刻风尚在东汉还行着。存留于今日的河南登封县中岳庙前的一对石人，据太室、少室庙石阙铭所刻的年号，此两石人或为元初五年（118）至延光二年（123）间的作品，或更早的作品。两石人露出于地面约四尺，其余部分陷在地底，双手作按剑的姿态，刻法幼稚浑朴，似仅从两茎石柱雕成人的形体；头大身窄，就是表示未离开石柱的原形[②]。还有今在曲阜

① 参看Bishop前引文。

② 其影片可参考 d' Ardenne de Tizac:Le Sculpture Chinoise, 图 XXXVI, Paris 1931。

汉安乐太守麃君墓上之石人（左旁即本书作者）

簑相圃的一对石人，此为汉安乐太守麃君墓上物[1]，一刻“汉故安乐太守君亭长”，一刻“府门之卒”。前者今已倾倒在地面，后者还完好，但下截的一部分，亦陷入地底了。此石人的形象和刻法正和中岳庙的石人同一意趣。上面只说明石人的雕刻，还停滞于初期的古拙；而东汉时代野兽的雕刻，据现存遗品观察，则有显著的变化了。《后汉书》卷二十四《马援传》：“孝武皇帝时，善相马者东门京，铸作铜马法献之，有诏立马于鲁班门外，则更名鲁班门曰金马门。臣谨依仪氏羁，中帛氏口齿，谢氏唇鬐，丁氏身中，备此数家骨相以为法。马高三尺五寸，围四尺五寸，有诏置于宣德殿下，以为名马式焉。”马援的铜马虽为相马的根据，然亦必予当时雕刻马匹以一种刺戟。可惜不容易看见当时刻马的遗品，想来其他野兽的雕刻，也有一种标准的形式使人们模拟。山东嘉祥县武氏祠的一对石狮，是建和元年（147）的作品，据武氏石阙铭记着：“孙宗作师子，直钱四万。”[2]孙宗必系当时的名雕刻工，又记其时价，必为当时高级的酬润。此石狮两眼睁圆，朵颐丰厚，鼻隆，张口，每当凹凸处有匀整和自然的刻纹节制着，和霍墓石物比较起来，一是粗率浑朴，一是神似雅健。两者的年代相

① 据洪颐煊《平津馆读碑记》卷一所考定。

② 见王昶《金石萃编》卷八。

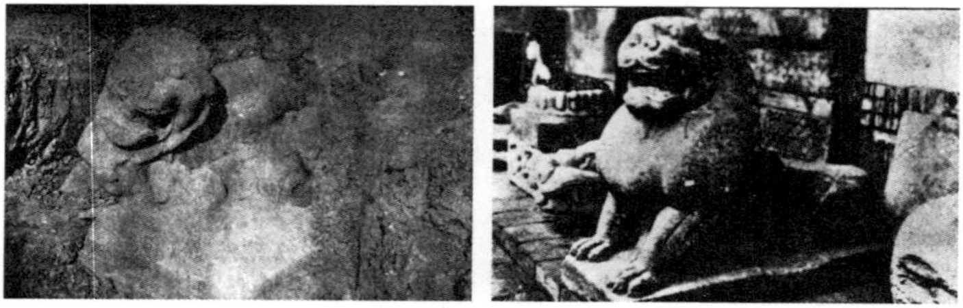

山东嘉祥县武氏祠之石狮（左）
铜雀台之石狮（右）

离二世纪有余，自然经过了若干递嬗而至此的。我所见汉代石狮，如洛阳东门外分金沟狮，陕西兴平县衙前左面的狮，皆和武氏祠的石狮形制不同，惜不知其年代，不必深论，然深信武氏祠石狮是当时艺术手腕高明的作品。此种形制直到汉末还未大变，我们看了献帝（190—220）铜雀台的石狮，其形造和雕法和武氏祠狮无多差异，即可明了[①]；并且我们可以想见的。这种形制盛行东汉时代河南、山东一带的地域。在东汉尚有一种有翼兽遗留于今日。有翼兽通常称为“天禄”和“辟邪”。这也是外国的野兽，按《前汉书·西域传》：“乌弋山离国有桃拔、师子、犀牛。”孟康注：“桃拔一名符拔，似鹿，长

① 铜雀台狮曩年流至日本，存于大仓集古馆，民国十二年随大地震而毁失，今据大村西崖《东洋美术史》上卷五十九面所载照片。

尾一角者或为天鹿；两角者或为辟邪。”徐松补注：“《后汉·章帝纪》：章和元年月氏国献扶拔、师子。二年，安息国献师子、扶拔。《班超传》，大月氏亦献扶拔，是不独乌弋有此兽。《班超传》注引《汉书》曰，符拔似麟而无角。”[①] 据上面的稽考，此种野兽从伊兰高原传入的，自无疑义了。今流传的河南南阳宗资墓的石兽，据欧阳修的记述，谓二石兽膊上，一刻天禄，一刻辟邪，是他于天圣（约1026）中亲眼看见的。[②] 原石辟邪一物，今在南阳玄妙观东园。另一有翼兽，亦在东园，闻从他处移来的，头部略有毁损，足部全毁，不能细辨其原形，然有翼兽之名天禄、辟邪，已无问题。天禄就是天鹿，其名称似较辟邪为早，《三辅黄图》卷六：“天禄阁，藏典籍之所，《汉宫殿疏》云，天禄麒麟阁，萧何造，以藏秘书，处贤才也。”《后汉书》卷八《孝灵帝纪》：“复修玉堂殿，铸铜人四，黄钟四，及天禄、蛤蟆。”《水经注》卷二十三“汳水”条：“……熹平中某君所立，死，因葬之，其弟刻石树碑，以旌厥德，隧前有狮子、天鹿。”宗资墓石物和上述玉堂殿及某君墓的雕刻，都是同一时期所产生的。辟邪也是兽名[③]，宗资墓以外，桓帝时宦

---

① 参看徐松《汉书西域传补注》。

② 见《集古录跋尾》卷三。

③ 见《后汉书》卷八《灵帝纪》“天禄蛤蟆”条注及刘宝楠《汉石例》卷三“石兽刊字”条。

河南南阳宗资墓前辟邪石兽（在玄妙观东园）

南阳玄妙观东园之汉墓石兽

官州苞（或称州辅）墓上也有的，《水经注》卷三十一“滍水”条：“水南有汉中常侍长乐太仆吉成侯州苞冢，冢前有碑，校友会西枕冈，城门四开，门有二石兽，坟倾墓毁，碑兽沦移，人有掘出一兽，犹全不破，甚高壮，头去地减一丈许，作制甚工，左膊上作‘辟邪’字。”照这个记述，州苞冢的石物和宗资墓的石物颇相仿佛。那么，有翼兽的雕刻，在东汉特别流行。此种雕刻出自波斯，我们看了波斯堡（Persepolis）宫殿浮雕遗品中，人兽搏斗，兽为有翼兽，即可明白。英国博物院中有一半狮半鹰的小铜雕，亦为有翼兽，这是公元前4世纪大夏（Bactria）的遗品，其形制已希腊化，其特性乃为阿歇门尼特王朝之波斯的（Achaemenid-Persian）；再追溯上去，波斯阿歇门尼特王朝和萨萨尼特（Sassanid）王朝的狮，又皆渊源于亚叙利亚（Assyrian）的狮，此实为全亚细亚以及欧洲诸国各种狮类雕刻的鼻祖[①]。我疑“辟邪”二字为波斯“Persia”的译音，在汉代名波斯为安息，北魏始见波斯国字样[②]。此有翼怪兽雕刻传入中国或中国人看见这怪物时，无以名之，便以其地名，转辗称述而成为“辟邪”字样，也是可能的事。这不过是一种猜想，或竟为附会。波斯人究竟名此种怪兽为何，至今尚为

① 参阅 O. Siren:Winged Chimaeras in Early Chinese Art. *Eastern Art*,October,1928。

② 见《魏书》卷一百二《西域传》。

疑问。而一般叙述此类雕刻之人，大抵以怪兽了之。

我以为汉代有翼兽的雕刻，充分吸收了外来的风尚，可惜遗物不多，无从详究。宗资墓的有翼兽，大约是熹平中（约174）的作品；和普通石狮不同，昂颈作张口形，全体雕刻，以适合其身躯的动荡的线纹分配其间，所以装饰味甚为丰富。翼小，自膊间敷出，一望而知仅为兽的装饰，而不能用于飞翔的——此点和波斯的兽翼不同，波斯兽翼阔大而足以鼓翅。线纹的配置一点不呆板而有条理地起伏环缀着。在他处移来的一有翼兽，其形状和宗资墓的石物同样，而所刻线纹则颇不同，可知当时技巧复杂而多变的。此两石物可视作六朝有翼石兽的前驱。四川雅州高颐墓上的有翼兽，为建安十四年（209）的作品[①]，和宗资墓物相离约三十余年，然形制大不相同。此兽虎形，昂颈张口，翼翅较大，前足短而后足长，作行走状。雕法无甚文饰，而刚猛强毅自然地流露；头部，躯体和四肢间尤适当的匀整。以此和宗资墓物比较起来，宗资墓物是理想的，而高颐墓物是写实的，故其风格系统和后代六朝刻物又为不同。这是由地域不同而出现的风格差异，其艺术手腕固已达到同程度的高妙。

汉代墓上雕刻的发达，和祠墓建筑的风气很有关系。帝

① 年代依高颐墓碑，参缪荃孙《艺风堂金石文字目》卷一。

四川雅州高颐墓之有翼兽

王功臣的陵寝不消说，凡略有资产人家的祠墓也务为夸张的表饰。《宋书》卷十七“礼志”所谓“自汉兴以来，小善小德，而图形立庙者多矣”。此风在西汉时已起，桓宽《盐铁论·散不足篇》云：“今中者祠堂屏阁，垣阙罘罳。”到了东汉更加奢侈了，王符《潜夫论》十二《浮侈篇》云：“今京师贵戚，郡县豪家，生不极养，死乃崇丧。或至刻金镂玉，檽梓楩柟，良田造茔，黄壤致藏，多埋珍宝偶人车马，起造大冢，广种松柏，庐舍祠堂，崇侈上僭。”据《水经注》所记有雕刻物的诸汉墓，亦多属于东汉的。故以现存材料推察，由表饰坟垄而产生宏大的建筑和精美的雕刻，以东汉时代为特甚。

在现有贫弱的汉代雕刻遗品中探索其发展的迹象，是一件近乎不可能的事。即使把霍去病墓上的石迹和东汉若干野兽雕刻罗列到眼前来观察比照，而其间不知遗失了多少递嬗的细节和多少并存的诸相。依据上文所述，我们最多可以说：霍去病墓上的雕刻，在简略浑朴中存有不可抵抗的一种郁勃的力量，随处流露着一种蛮性的倨傲，这正是反映着当时代汉民族向外发展的精神。积无数健儿生离、死别、行旅、战争、掠夺之悲壮的经验而构成了当代一般神圣高贵的信念，艺术家就无遗憾地把这种信念发露在雕刻上面，所以其雕刻的特质充满着强烈的意志，而其形式粗犷无华，为素朴的写实。东汉时代，生活丰裕，习尚浮文，把一种典雅优丽的素质赋予充溢活力的艺术作品上；即于其时代崇高向上的精神中调味了一层丰厚的享乐色彩。所以其雕刻的特质蔓延着缠绵的情绪；而其形式，用起伏中节的线纹润色实物，倾向于璀璨的理想。

二十四年一月十日于南京

图版目录及来源